U0099464

三十年詩

滄海叢刊

葉維廉著

1987

東大圖書公司印行

© 三十年詩

作　者　葉維廉
發行人　劉仲文
出版者　東大圖書股份有限公司
總經銷　三民書局股份有限公司
印刷所　東大圖書股份有限公司
　　　　地址／臺北市重慶南路一段六十一號二樓
　　　　郵撥／〇一〇七一七五—〇號
初　版　中華民國七十六年七月
編　號　E 83009
基本定價　捌元捌角玖分
行政院新聞局登記證局版臺業字第〇一九七號

維廉夫妻於慕尼黑，1986年夏

一家四口——與妻子慈美（左二）
、女兒蓁（右二）、兒子灼（左一）
，1986年

三十年詩：回顧與感想

葉維廉

重看自己三十多年來的詩有什麼感想呢？我很希望能用白萩早年的豪語來答覆。他說：

已存在的美，對於尚未出現的美是一種絕大的壓力與考驗，如果不能超越與打破此種束縛，則新的美將無以出現。基於此種精神，此類藝術工作者的意識中，必然以最後一篇或尚孕育於腦中的一篇爲自身藝術的最完美的表現。

這段話的意義是要刺激詩人不作自我的重複，要不斷地超越自己，要做到首首詩不同，要一首比一首好；在表達策略上，要首首創新，甚至要大膽地突破語言的限制，通過實驗，包括新的形式與新的角度，求取切合眞實的經驗來與已經失眞的語言抗衡。這，無疑是「前衞」「現代」最根本的意義。這，無疑也是六十年代前後中國現代詩大致的取向。我們不是說他們都從白萩那段話出發，而是說，在精神上，在對自己的苛求上，他們和白萩那段話有相通的地方。一般說來，那個時期的詩人，都努力去尋求一種完全屬於自己的獨特的聲音和易於辨認的鮮明的風格。

刻骨鏤心、語不驚人死不休固然是藝術家鞭策自己應有的態度，但刻骨鏤心也易流於「造語至上主義」，而構成當時詩作的一項缺失。要做到「首首不同」是近乎自殺的嘔心的行爲，在接受這個挑戰的同時，我們如何可以使鏤刻的藝術語復歸自然呢？我自己當時的策略是利用「音樂的驅勢」和「氣氛的凝融」。事實上，正如我在「我與三、四十年代的血緣關係」裏所說，這兩個層次還滲合着「意象內在的呼應」、「場景的變換」、「保持事物刻刻在眼前發生」、「戲劇場景的推進」、「事件律動與轉折的緊扣」等技巧，而設法做到氣象瀰漫和騰騰進展與湧動。現在回顧看，竟還有些令我驚喜的意象。

但現在的我看過去的我，驚喜中卻還有不少的懊惱，因爲早期的詩中存在着一些自己不滿的句子。我應該怎麼辦呢？來個大刀濶斧地「修改」嗎？我試了幾次，而終於放棄。生命的歷程原是不斷變化、修改、演進的，每一個階段有每一個階段的迷人處，每一個階段有代表心靈與世界、個人與民族命運的尋索、掙扎與調協的獨特意義，我想我不應該把各階段每一個不同的面貌透化爲一種面貌，把各階段每一種不同的聲音中和爲一種聲音。況且，以年長的心智來取代年青的情思未必是合理的事。去年在臺北時，洛夫說要把他的巨篇「石室之死亡」重寫，他試了以後也終於放棄。人，是離不開他的歷史場合和那場合所構成的心境去寫作的。圓熟的洛夫想把「

石」詩的巉巉磨去反而會把原詩的割鋒與張力破壞。事實上，我還覺得早期的詩有一種不假思索、未經安排而突然湧放突然爆發的意象，是年長的我無法或不易再選的。這，除了我做學者以後強烈的分析性和反省有了干預以外，無疑和成長的代價有關。成長是有條件的獲得，那條件便是對年青那種全然投入有所抑制有所割棄。對我來說，有時重看自己早期的詩，會有一種情思解放的飛躍。我這句話不是要抬舉自己，我只想說出，作為一個進入人生後半期的人，對那種不易重獲的逸放的一種眷戀吧了。

曾經有兩次被讀者問起我詩的突變。第一次是「愁渡」那首詩以後，我由繁音複旨一變而為短句和簡單的意象。這個變化，有些香港的讀者甚至很憂心，說太淡了，失去了以前的磅礡和濃重。我當時說，我不再希望再陷入深沉的憂時憂國的鬱結裏，我必須衝出來，放鬆自己。這裏，讓我進一步說明那「鬱結」的歷史緣由。

在五十年代六十年代間在臺的詩人，大都充滿着游離不定的情緒和刀攪的焦慮。用瘂弦的一句詩來說：「激流怎能為倒影造像？」這個游疑焦慮的狀態曾經是當時不少詩人的主要美感對象。政府被狂暴的戰變導致離開大陸母體而南渡臺灣，在這「剛渡」之際，它給知識份子帶來了燃眉的焦慮與游疑。我們頓覺被逐離母體的空間與文化，而在「現在」與「未來」之間徬徨：「現在」是中國文化可能全面被毀的開始，「未來」是無可量度的恐懼。徬徨在「現在」與「未來」之間，我們感到一種解體的廢然絕望。在當時歷史的場合，我們要問：我們如何去了解當前中國的感受、命運和生活的激變與憂慮、孤絕、鄉愁、希望、精神和肉體的放逐、夢幻、恐懼和游疑呢？我們並沒有像有些讀者所說的「脫離現實」。事實上，那些感受才是當時的歷史現實。

這裏面牽涉到幾個問題。第一，面對中國文化在游疑不定中可能的全面瓦解，詩人們轉向內心求索，找尋一個新的「存在理由」，試圖通過創造來建立一個價值統一的世界（那怕是美學的世界！）來彌補那渺無實質的破裂中的中國空間與文化，來抗衡正在解體的現實。（洛夫說：「寫詩卽是對付殘酷命運的一種報復手段。」）這些心理、美學的活動都發生在臺灣逐漸成爲我們肉體與精神的故鄉「之前」，發生在臺灣逐漸成爲重現中國文化的重鎭「之前」。

第二，在我們被漩入這種游疑不定的情緒和刀攪的焦慮的當時，流行的語言卻完全沒有配合這個急激的變化；事實上，可以說完全失眞。由於宣傳上的需要，由於要激勵士氣，當時一般在報章雜誌中所見作品，鼓吹積極意識與戰鬪精神，容或有某種策略上的需要，卻是作假不眞。所謂語言的藝術性，除了避開老生常談的慣用語之外，還要看它有沒有切合當時實際的感受。當時詩人們在語言上的試驗和發明，必須從這個關鍵去看。

第三，由於我們站在現在與未來之間冥思與游疑，除了語態上充滿着「追索」「求索」的母題外，我們很自然地便打破單線的、縱時式的結構，而進出於傳統與現在不同文化的時空，作文化聲音多重的廻響與對話。也因此，在語字上，在意象上，不少詩人企圖通過古典語彙、意象、句法的翻新和古典山水意識的重寫來再現古典的視野、來馴服凌亂的、破碎的現代中國經驗。

以上是「鬱結」的歷史與美學的跡線。

我從繁音複旨衝出來，首先是頓覺自己困在這個鬱結太久了。其次，是中國古典詩，尤其是道家影響下的古典詩中所提供的「物各自然」「依存實有」「卽物卽眞」的美感意識，幫我剔除了「因語造境」的若干毛病而復歸「因境（而且是實境）造語」的路線上；再其次，我已經較少游疑於歷史的時空，那「望盡天涯路」的時空，因爲我對臺灣這個地方已經寄情日深，而慢慢的轉向對她的描模。（見我的散文「爲友情繫舟」。）

關於我詩風格的變化，當然不只兩次。現在略加分類已有九輯，每輯中有時便不只一種聲音。所謂第二次的索問，指的是「驚馳」詩集中的詩。問者（香港詩人張灼祥）覺得我後期的詩，尤其是「驚馳」裏的詩，很抒情，幾乎和「賦格」時代的詩相對。我當時做了一個簡單的答覆。我說：「賦格」是龐大的，「驚馳」則集中在一兩件事情上；前者是陽剛的聲音，但比較非個人性的，可以代表其他中國人關心中國文化的「鬱結」；後者是個人的聲音，陰柔綿密，經常利用一個朋友或情人的語態來求取細緻的聲音。這個答覆雖然沒有錯，但略嫌簡單一些。我在此作些補述。

所謂「抒情」，問者指的是「抒個人的情」。但我們事實上不能說「賦格」那首詩不是抒情詩。雖然我在那首詩中彷彿代替了許多和我一樣鬱結的人冥思、彷徨於時代之間，那首詩仍是以一個人的聲音凝合瀰漫全詩的。這裏的關鍵是在「聲音」二字上。我曾經在「語言的策略與歷史的關聯」和「閒話散文的藝術」兩篇文字中，對詩中聲音所能掌握的情緒的流動和引帶讀者共出共退的能力談了不少。最主要的是：聲音來自體內，完全是屬於人的，而且還要通過人因事物的激盪而發之以音，是生命與經驗因之而統合推展的依憑。聲音的轉折、情緒的起伏，掌握得好，不但親切、直接，而且可以沉入情緒的中央。

在我個人的發展中，卻是從對自己所喜愛的表達方式的挑戰而來。我曾經在不少的場合裏，推動以意象、事件不加說明性在讀者眼前演出的呈現策略，而在中國古典詩裏，尤其是王維的山水裏，找到最好的例證。譬如我舉了兩首詩：

人閒桂花落
夜靜春山空
月出驚山鳥
時鳴春澗中
——鳥鳴澗

木末芙蓉花
山中發紅萼

澗戶寂無人
紛紛開且落

——辛夷塢

我說：「王維的詩，景物自然興發與演出，作者不以主觀的情緒或知性的邏輯介入去擾亂眼前景物內在生命的生長與變化的姿態；景物直現讀者目前……王維的詩中，寂、空、靜、虛的境特別多，我們聽到的聲音往往來自『大寂』，來自語言世界以外『無言獨化』的萬物萬象中……是天理的律動，所以無需演繹，無需費詞，每一物象展露出其原有的時空關係，明徹如畫。」這種呈現曾對我很大的啟悟，幫我達到了詩最高的演出的活動。但我始終相信，詩人個人的聲音有一種特別的印跡。則上面的兩首詩，作爲「大寂之音」之外，同時還具有一種親切如摯友的聲音同另一個心靈相通的朋友共「看」勝景。試將上面兩首詩和他給裴迪的一封信比較便很顯著：

近臘月下。景氣和暢。故山殊可過。足下方溫經。猥不敢相煩。輒便往山中。憩感配寺。與山僧飯訖而去。北涉玄灞。清月映郭。夜登華子岡。輞水淪漣。與月上下。寒山遠火。明滅林外。深巷寒犬。吠聲如豹。林墟夜舂。復與疎鐘相間。此時獨坐。僮僕靜默。多思曩昔。携手賦詩。步仄逕。臨清流也。當待春中。草木蔓發。春山可望。輕鯈出水。白鷗矯飛。露濕青皐。麥隴朝雊。斯之不遠。儻能從我遊乎。非子天機清妙者。豈能以此不急之務相邀。然是中有深趣矣。無忽。因馱黃蘗人往。不一。山中人王維白。

書信所流露的，正是來自體內的眞實聲音。本篇氾溢着兩個知音（「子天機淸妙」）「分享着」山中勝景的「深趣」，因音見人，直入王維情思、情緒的中心。如此，景物的呈現已經不只是呈現，已是浸染着說話者親切的情思和語調。而上舉的「辛夷塢」正好是王維與裴廸在輞川和詩（卽以詩對話）二十首中之一首。我們把裴廸的答詩列出，便可以感出兩個知音對話的意味：

綠堤春草合
王孫自留翫
況有辛夷花
色與芙蓉亂

因此，其他的山水詩雖然不在對答的情況產生，但都可以視作對一個假想的知音流露詩人對勝景天機的賞悅，常常是細訴、溫雅、親切。

我後期的詩在聲音的試探上，從王維的詩中獲益最多。但比較有趣的，是其中辨證的過程；我後期的轉變可以說是對自己的批判與反省，但又能不放棄「以物觀物」「卽物卽眞」任景物自現的美感意識。

在這三十年中，最重要的讀者當然是我的妻子慈美。是她，縱容了我在「不急之務」上面遨遊，而且在生命無數的困苦中，和我並肩而行，分享其中的深趣。也許可以這樣說，是她培養了我詩中抒情的聲音。

一九八七年春天

目次

第三輯 愁渡（一九六三—六七）

第四輯　醒之邊緣（一九六八—七一）

第五輯　演出試驗作品（一九七〇—七二）

第六輯　愛與死之歌

第八輯 松鳥的傳說 (一九七六—八三)

第九輯 驚馳 （一九八〇—八二）

第一輯　生日禮讚

（一九五四—五七）

我們忽略了許多事實

——一九五六年

它來了
奇音異響告訴我們：它來了
如此的迅速！擴張向前
我們毫無防備
全景裏所有的事物被吸入視滅點中
這不是一場大火的暴發
也不是化學劇烈的變化
不是某種權力的轟炸
也不是更壞的命運
可以回答這意外的緣由
它來了

出現　消散
顯示　絕滅
薄弱的衝動
馳過朝花的眉目
加深了多少
寒窗的孤獨
淒清欲裂的
簫聲交織，撒一網
煩亂複雜的思想
或決斷如削的
簡單的結局

去：到過、沒有到過的地方
入：同一個世界裏不同的定點
經驗：已經驗過、未經驗過的事物
我們注視一些現象的

發生、變動、衰毀
注視一朵花生長的過程
風雨的援助和戲弄
陽光在草原上野兔的逐樂
湖月間一些糾纏的情話
一場爭奪中圍巾的飛揚
郵輪上乘客的肩章和項鍊
和掛在他們鼻尖上搖搖欲墜的命運
我們追索和盤算一些解釋
我們追不上，算不清
它們追過了思想，追過了
世界
我們忽略了許多事實！
我們忽略了許多事實！
流血的本質，時間的意義

天變、死亡、饑餓
一鞭鞭的驅逐
都裹在層層的秋霧裏
去看小鳥跳過枝椏和簷頭？
去看一場骨節相錯的舞蹈？
一些花、一些鑽石的晨曦
一線陽光、數方窗格、幾聲鳥鳴
我們認識了什麼？

我們忽略了許多事實！
我們忽略了許多事實！
是何時開始的？是如何開始的？
我們囚於何地？
自太初時代？
因著我們薄弱的欲望？
去，去建造遺忘的船，死亡的船

去踏上最長遠的旅程
爲偉大的思想而犧牲
爲獲得一點滿足而努力
爲搶救偶然無力的現象而準備……？

一浪一浪的呼喊
湧入大街小巷，擊散、分開
一隊囚車在我們後面
提醒我們的責任，告訴我們
腳跟後面是一長河的死亡和錯誤
（我們還渴求奇蹟的重現？）
他們說：死亡和錯誤
是的，死亡和錯誤修正了
數以萬計的誤解：生命、靈魂、步伐
我們知道：
我們忽略了許多事實！

流血的本質，時間的意義
和……一鞭一鞭的驅逐……

一九五五年香港

一點預言

夜，堂皇踏進
虛飾的城樓，遠方
奔來一陣雷聲，一番戰慄
狂風掃過
陷亂的碎屑
孤樹參天的慍怒
野草伏地的瘋狂
這堂皇的變動
是穿越死亡的預示？
是毀滅的驚懼？
夜，堂皇展開

它完全的偉力，埋伏在
一箱箱死亡旁邊的
是狂蠻的火焰
是焚毀的決心
林蔭道上穿梭著
黑影白影，羣獸
飛掠過焦土
嚴厲的勑令前面
夜、閻羅的手
顯示：毀滅和再生
然後把世界交給
新的太陽

一九五五年六月香港

酒

酒
在夜中
給我忘卻的力量
我忘卻昨日的太陽
一個希望
從窗口爬入
蜷伏在侷促的櫥中
等待我們
等待我們在酒中
發現一切

酒

在夜中
燃起杯中的火焰
我燃起死寂的夜街
淒涼的冬
從窗口偷出來
散入昏眩的黑夜裏
好讓我們
好讓我們在酒中
相交在一起

酒盡
燈滅
希望的冬
在夜中
我們發現、相交在一起

一九五六年

堂前

是時候了，一羣莊嚴的人
聚集在這沉默的堂前，估計著
他們的希望與意外的奇蹟
如何來到，打破無理的變故

遠處機車的摩托聲
燒熱了許多人的焦急
附近提琴突降的調子
加速不安的伸展

突然顯露的障礙，在理知之上
在影像之外，拍擊著幾個痴痴的心

也許下點雨吧，來補綴來消解
此刻的沉悶
　　　　也許，從遠方
有人從雪地寄來一張祝福……

一九五五年

十四行 二首

之一

每次當我想起它時，我的官能
　在突然的顯示裏頓感到狂喜；
同時四周冷風和雷雨都已經
　緩緩地消失，已經埋沒在大地。
一切往昔曾被摒棄過的歡樂
　如今都變得更大而難以估計；
從前心靈是飄忽無定的旅客
　終於如倦鳥知還，此刻已安憩
在溫暖的巢裏，決意再不離去。

我雖然不知道以後仍否能夠
保持現在的幸福，但眞的假如
不能時，我依然會愛它如舊。
這難以撫觸的追憶一如夢中
現在的路：永遠光亮，永遠迷濛。

一九五四年

之二

我沉思時常常想起
一個個的回憶跟隨
昏暗的起伏和息止
一個個結成朋友，跟隨
寂寞和冷清的時分
談更高深的戀愛
這時生命中的星辰
將再一次在眼前展開

而那昔日眩惑的夢
和未來的理想時代
都從天空進入墳墓。
如今在山和山之間
呼召之聲已不存在
世界只是一片糢糊

一九五六年

信札二帖

——一九五七年

第一帖

無風的正午，寂熱的白日
太陽撒透明的網
我執筆
（啊，濃重的開端！）
音樂搥擊著樓下
朋友，信如此洶湧著
升起復沉落的日子
一種蛻變瞿然的曲現
此季無鴻雁，無燕子

無照明，無符籙
漫長的城垣上
冷光顫震
神靈飛越……
有時我們演出奇蹟
去抗拒海
追逐我內裏的
一齣戲
如此快閃過的是什麼？
　　　　寒鴉？
微明的夏天裏的一排手指。
去吧，泛湖去
　　　　無舟可渡
獨上西樓
月復如鈎？
動態，聲響，神采

不見，不聞，不覺
音樂停止了，拖遢的足音
旋梯而上。
　桌子沒有軋然作響
　這裏沒有扇子、屏風
　空義的形象：
　物與我
朋友，我想著你，寫著
而欲語未言
汗濕紙筆
詩意何去？
我如日下垂條
意欲龍潭見像
或許薄暮來時
太陽會給山新的形狀
星會傾下你我一些字語

我渺小，一個陌生人
且無詩可奉：
抬望眼
　鳥點破天藍

第二帖

奪目的景物晃動
乳色的記憶如流：
防寨與樓臺
騰騰欲沸
碩長的影子伸著
吉軻德先生的手
向焦慮的城砦
一室的孤獨
一世界的
由灌木到灌木

由霾到霾，依著
紗羅綢緞的溜聲
（來！）
　電線顫然
（來！空氣給你的指示！）
沒有思形，沒有意象
日復一日
穿過沖淡的虛無
而沸騰的馬路上：識歸人？
在夢與幻夢的時刻。
我是煙渦裏
一個明亮的圖象
遺忘已久的夏季
促我重入
奧德賽穿越的門

閃爍的事物！日用的糧食！
黑暗的坦途！
啜一些陽光
或一夜的星辰……
「一壺茶，一局棋
一些花生給我和你
消此瘦削的夜色。」
「我等著七月七日的
蠶絲……。」
「我寫煙屑的哲理。」
然後馳向運行的天空……
長的是吉軻德先生的手影
　是運行的天
是靜止的地

音樂自頂蓬滴下
我們來織一束喜悅和幻想。

日出日入光照影覆
荒謬的天候迫我受辱於
象——象——象
我可以期待對岸的顯現嗎？
（來！）
　遙遠的號聲顫然。

這是無夢的季節，朋友
聲、光、影凝合在
轉動的階梯
我是巨靈？我是流蟻？

時在香港

【附　記】

在那段不爲時間所驅策的日子裏，我寫過好一些這樣的信，但大多已寄出而不留存，（大概瘂弦手上還可找出一、二帖，）以上二帖是僅有的底稿。信札重自由舒伸，隨物賦形，字多不錬，詞多不修，與我一般的詩不盡相同。這二帖信札從未發表過，今附印聊備一格，以贈詩友。

元旦

——一九五七年

撇下破裂的爆炸聲
我們打算在默想中
渡過可重要可不重要的時日。

人們如象羣
穿過陰森的樹林
去接受今年第一次新的洗滌。
常與我們為難的朋友
來預言：顧慮的事物
將背棄你，假如你自己還未知
你要顧慮的事物。

利用這寒冬的雨水
犁翻心中的碎屑；
在陽光和窗格的愛撫下
試認知那些重要的動機。
窗前多樣的屋脊給藍天
反映了多樣的故事。

城望

我們從不曾細心去分析
那些來自不同遠處的侵襲；
那些穿過窗隙、牆壁，穿過懶散的氣息，
穿過微弱燭光搖晃下的長廊，
而降落在我們心間的事物。
在許多預知或未知的騷動中，
使我們忘記了不少去遠的塵埃，忘記
我們走過的山野，幽谷，陰徑
和聲息花繁生的地方。
爲掙脫反覆纏繞着腳跟的噩夢，
我們在冬天時候把記憶凝混

陽光，俯身迎接飄風的羣樹
甜笑於清晨的舒適。
我們停下，沈思，在許多來路的前頭，
在催促我們疾飛的急切中間。
海水和海水拍擊，
白浪滑過白浪；
寒風爲松樹的寂寞
向山谷訴說無聊的故事，
依依未滅的冬青，
補綴這季節最後的模型——

在事物不規則的竄動中，
我們聽見急促的步聲，
試着手杖和槍枝的劈刺；
一縷炊煙游過教堂的屋脊，
在我們忽視時歌舞地溜走了

焦急的生命
在焦急的人們中
在焦急的時代下
有羣獸支持馬戲班主的一生：
代替整個世界的展露，
牠們解釋了親嘴和謀害的方法
表演我們從未看過的技藝。

塵埃在北風中飛揚，分別
停駐在奇異的國土上。落葉
片片翻飛，帶來一些不幸。
（這不幸將會完成人類窒息中的痙攣！）
那些我們熟識的朋友，
忽然會駕臨我們的茅舍，在門前
喚一聲我們的名字。寒喧一番，
便無言地離去；窗外的枯枝

為風吹動時偶然相遇，僅僅一下輕的磨擦
便完結兩者日夕渴望的交談。——
假如你希望再一次的巧遇，那麼你等吧！
　焦急的生命
　穿過潮水
　穿過草
　穿過尚未盡乾的露珠
　為期待援助或死亡。

羣眾突然從許多不同的地方
來到這川流不息的市集、廣場，
分不清方向、游手好閒地
向天空，向地面，向四周，
向滯留的自己瞥視一眼，微笑，
又走開。有人把苦痛的容色
作為這世界最高的慰藉。

有人看出和他們接觸的目光
僅是新仇舊恨的匯合，要投給他們
燃燒的汗，中風似的驚呆；
不安傳透他們的器官，血脈，
毛管和趾尖。公共汽車走過時，
帶來一陣熱風，一陣窒悶的汽油味。
喪旗，喪鼓，喪號的行列
在雨中搖完一段旅程。旁觀者的偷笑
和單調零落的沈默一同隱沒：
我們想起監獄裏的黑，鐵窗，
木板，毛虱和殯儀館的氣氛。
這時我們祇好羨慕或徘徊於琴聲迴盪，
「私家重地，閒人免進」「內有惡犬」的樓房。
多夜在街上狂奔的碎屑，街招
如同一羣狂妄的神行者，在笑聲

和失望的燈光下自負於自己的才能，
嘲弄如墳列的街道，侮辱
緊閉着門的每家商店，每個夜中的陰影；
除了一些，曾爲廣大的羣眾
所藐視，所拋棄的存在物。
那些街招和碎屑最親愛的朋友。
蠕動或喋喋不休在無人理會的角落中，
風雨侵擾他們的怪夢和薄弱的欲望；
但他們從不埋怨這如火的寒氣，
卻感謝在深夜裏有至親的朋友
排演瘋舞陪伴他們渡過，有雨點
爲他們降落化裝舞會的銀絲，
點綴了夜的單調。
我們焦急的生命，
爬過了低氣壓下的泥路，爬過了
寒鴉盤桓的荒地，走入

小囡囡和小妮妮柔弱的聲音中，驚醒
哥哥懶洋洋的情夢。撒嬌要踏雪尋梅去……

稀疏鼕鼕的更鼓，
縈聚在遠郊的澤地，加促了
野雁劃過夜空的啼聲，加促
烏雲竊走星光的行動；
附近破門兀兀作響的搖擺
激起失眠者無理的咒詛；
窗格上玻璃不停的悸顫，
震碎我們每個新的願望。
我們貧乏的力量再不敢
在想像和想像的事物間
實踐太熱切的旅行，不敢
迎接那些無力欲滅的燈光，不敢認知
我們尚未認知的城市，不敢計算

我們將要來到那一個分站，
或分清我們現在坐臥的地方。
我們什麼都不知道，我們祇期待
月落的時分。

一九五六年

塞上

這一回

神駒寶劍擊黃沙　蛇影金戈血汗加
十載前塵悲斷續　幾行清淚向南斜

戈壁的秋季是清峻的秋季，高高的
天空下黃沙蓋過了無數的碎石
和垂死的植物，雪中蓮
仍然高高地臨崖發散，香息清清
浮過乾旱的大氣，暗伏着
一段私情的沙漠前面長長地展開

一帶翠玉似的海市蜃樓，天山
在薄暮時分拉下一個陰謀的長影
一個陰謀的長影，一連串仇殺的場面
延續着，在幾堆無辜的枯骨中
在不忍羡賞的隱隱月色中
在戰慄的朔風之下
記否黑影倏忽的飄臨
風沙一般乾燥的黑影的來復
烈焰燃燒着，如南方商門多次的變故
如勁風中赤壁的鏖兵，來復着
來復於黑風和墳穴之間
仇殺交着仇殺，神鞭與蛇陣
鐵蓮子，梅花針探索着我們一時的疏忽
烈焰燃燒着，太陽的利劍
撒下溫柔的饑渴，隨笛聲
馳過半個多變的世界

馳過一顆忠誠的心
從陡崖至陡崖的追逐，記否
那好學的友人如那隻黑鷹
振翮穿過光亮的雲層又弄姿衝下
埋伏着微妙的危機，在天上
埋伏着微妙的危機，在地下
但誰能把握地心的靜止的湖山

高峻的天空仍舊移動於她的髮間
無垠的黃沙仍舊翻飛於奔蹄之下
穿過采色的紗罩，空靈的遙遠
一口寶劍，一張弓，她負載了
歷史亘古的哀愁，冒熱氣的龍爪
遠遠地提起了氤氳的流質
十數年一個湧復不絕的南方
十數年一個熱烈的追望

難道就要化滅於今日的大數？
　　翡翠池閃過
她迷茫的追懷，她想到水
想到第一次溪間裸浴有男士經過
最後一次奉獻給南方
烈焰燃燒着，沙風在她急切的飛馳中
在她疲渴的身後顯示
一個澄明的白日，一段木筏的
冒險點綴着她的童年，滿海翻騰的
鯊魚和一夕驚魂的掙扎，她曾落難於
一個好客的荒島上，島上
有過不單行的禍機，窒息過
她嬌痴的神氣，嬌痴的詭計
和嬌痴的驚惶
　　來復着來復着
在嬌痴的飛奔中，眼前翻落

一片雲采，高秋的天氣下
她撫着寶馬抽泣，悲涼的是
乾烈的秋風，悲涼的
也是她斷續的前事
「聆兄雅奏，煩俗盡消，黃兄
不嫌，請過船來，咱們喝一杯」
小船移動，水珠笑荷柳的多情
湖上，一個高雅悠閑的下午
再奏一曲吧，金戈穿過瀑布松濤
沒入落雁長天，如鬱雷，如玉城雪嶺的
降臨，如錢塘江隱隱的十萬強弩
一個高雅悠閒的下午就帶來
一個刼殺的黑夜，再沒有花舫的情意
再沒有絹燈下名妓的賽美
爲了財物，更爲了垂亡中的名聲
他們撒開羅網，佈下五行陣

是第二次她遇見如此偶然的場面
是第一次她知道我們終會
走進這道古刹的重門
烈焰燃燒着，她無止的飛馳
已經兩天了，兀鷹逡巡過不少次
她也伏下過不少次。啊，假如
假如現在點起一些狼糞煙
假如還有人認知這久違了的訊號……
她追憶　期待　追憶　期待
江南　塞外　西湖　瀚海
來復着來復着
而雷在地下，澤不升天，唉
南斗北斗，我雖無清酒鹿脯
就不能求得你一點悠閒的施與？
青哥，恩師，父王，你可曾料到
這一切。安答，把弟

你們在那裏？靈光會
帶給你們我最後的呼息？
奇蹟會顯示一點綠色的土地——
不是那翠玉的城市？
仍舊是幻影，仍舊是記憶
前事蓋過這無限的期待
和我半生的造化
和整個廣漠
整個高空
一匹紅漿的馬，一段悲涼的故事
飛越過這空靈的大地
在世界的遺忘中。

一九五八年八月

生日禮讚

——一九五七年

八月十八日
我佳偶的日子中的日子
我和她共唱一支采色的歌曲
我和她共說一節靜靜流傳的故事

大地，賦生之神，萬物的懷抱，夢與眞實的偉大的形體，你就在這非常的日子裏把我孤獨地留下在石塊之間，使我在雨中陽光般的喜悅裏無聲，使我渴飲不到語言的靈泉來祝頌這和諧的日子嗎？

啊，這是我佳偶的日子中的日子，我要穿行過時間遙遠的水流，穿行過記憶無盡的林野，穿行過世界一切的禱告和節日，我要宣告人神，這是我佳偶的日子中的日子——我佳偶的日子巨大而澄碧地自我們的心中升起，一如神祉自海洋……

南風，自然的呼吸
蘆葦，音樂的姿體
羣山，大地的胸脯
城市，人類的嬰孩
河流，你我的腰帶

請醒轉過來，和我共唱我佳偶的日子中的日子。

我要唱一支采色的歌，一支從來沒有人那樣唱過的歌，一支屬於我和她的歌。

因爲我腳下再不是一望無垠的灰燼，再不是荒冷的橋樑，再不是百鬼夜行的城市，我像在自已的家園裏走着，四方都蒙着陽光，同時在我的視界裏，感覺裏，老樹訴說着噩夢的故事已不再留存，我看見的，我感覺的卻是一節貞摯的堇色的故事，清涼如浸在深水的橄欖葉，甘美如夏日的葡萄。

我要唱這支采色的歌，一支從來沒有人那樣唱過的歌，一支屬於我和她的歌。

我佳偶的裙子颺起一襲清涼
我的佳偶安祥地倚在竹欄上
淡水河，深情的流盼，請輕輕的盪漾
我要爲我的佳偶歌唱

我愛她那束短的髮絲，單純而含蘊的香息，同着她旋轉時舞動的空氣；
我愛她微微一揮手的松青似的長存的韻味，緊湊地，若溪流小心翼翼地引領我至柔雲的草原上；
我愛她既涼復暖的面龐，每一角度，每一光影下的剪影都那樣自然地出眾；
我愛她那異於櫻桃的嘴唇，和欲語未言所含孕着我欲解未解的事物；
我愛她那並不出色的脖子、耳朶和額角，她那雙我現在緊緊牽着將來永遠要牽着的手；

我愛那同時感着的心跳，和其間一切神秘而眞實、顫動而溫熱的感覺；

但我最愛她略現微雲的雙目，單是那兩湖碧水旁的泛黑的色澤，就够我一生中的夏季受用蔭涼，何況，湖的深處又藏著我渴望多年的靈魂的居所，藏著豐富的童年的快慰，藏著鬧市中、紅塵攘攘裏唯一的清醒——一種神祉的誕生，如流泉湧發……

南風，自然的呼吸
蘆葦，音樂的姿體
羣山，大地的胸脯
城市，人類的嬰孩
河流，你我的腰帶

請和我共唱這支采色的歌，直到它化作你們的脈膊……

「年青人，你那樣急促走向那裏？你要再一次追尋死灰裏的太陽？」
街道如芒刺。隱約的是遺忘中的大火。

或許是我頭額上微微閃動的光彩，或許是我的笑感染了我的移動，人們都以驚異的目光投注我身上。

我走著，走過熟識還似陌生的羣眾，心燃燒著，是陽光護著我的全身？是思念我佳偶的凝注賽過了太陽的神采？

穿過樓宇，商店，來到十字街頭高矗的建築的廊柱下。沈默而親切的廊柱下，我曾有過一連串異乎尋常的情緒，光華的，繽紛的，若亂若整的，忘形的，歡欣的……

沈默而親切的廊柱下，這串多樣的情緒一一的排成一條永久流傳的純清的珠鏈，此刻，從我站著的地方，一直伸展到剛剛下公共汽車的她的腰間，我攀著每一節的美好珠玉奔向她曙光滿溢的眉睫……

我的佳偶的鞋子挑來了
大橋上飄然的涼快
橋下夜的流動如卷葉
把我們藏起讓我們在其中把心打開

大海禮讚她亘廣的伸展，我們禮讚此刻的安靜。

我們歌唱，因爲大海在我們心中誕生；我們歌唱，因爲世界在我們心中誕生；我們歌唱，因爲我們如大地，在無垠的寂靜中擁抱著一草一木的眞實。

愛，來，來伏在我這頓然萬有的胸前，來感覺我們就是山脈，大海，廣場，是羣花盛放的地方，是沉思中一絲細得不能再細的清香。一羣神祉馳過我們的身旁，遠遠有松木的呼喚，有白鴿的飛揚，我的手和她的手緊握著，我們握著一塊土地。

　　這支采色的歌曲我們共唱著。

　　這段靜靜流傳的故事我們共唱著。

「誰是合法的控訴者？」

廣大無邊的夜君臨我們曾是狹窄的心間，教諭我們愛與諒解凌駕在萬德之上。

一刹那，只一刹那，我們便都擁有了古代的聖哲的心靈，誰應追究過去，芥蒂現在的種種？超然的人類啊，你們沒有看見猜忌的火焰吞滅著猜忌的火焰嗎？

在廣大無邊的夜裏，我和她的心靈相叠伸展，漫入遼濶的山川的話語裏……

歌，我們共唱。

故事，我們靜靜的流傳。

午後微風從遠方來扣這一扇紙門窗。

「這時妳正入睡，我來把門窗拉上，讓低垂的木葉的涼蔭裏著妳和諧的呼吸。」

午後的微風拂著門前的鞋子，席上的矮桌，窗旁的藤椅，和那安祥無比的茶壺。

「我來枕在妳溫軟的身上，妳血脈循環的韻律激起我神經的跳動，直透全盤緊湊的肌膚……」

窗外林木開拆，一片白雲橫過深遠的山谷。

這是我佳偶的日子中的日子。

沉落的夜，

初起的星，

你們閃爍一串長長的音符的階梯，
讓我們牽著手一級一級的踏上去，
靜靜的踏出我們共有的一首無聲的歌。

【後　記】

一首少年時代的歌，爽直辭質，很少執意於詩語的製造。現在登出來，也無意修飾。其實，現在要保持當時的純眞稚氣已經不可能，就讓這些未加磨練的語字留爲我們深心中的一點記憶吧。

第二輯　賦格

給慈美和蓁

（一九六〇—六三）

賦格（Fugue）

——一九六〇年

其一

北風，我還能忍受這一年嗎
冷街上，牆上，煩憂搖窗而至
帶來邊城的故事；呵氣無常的大地
草木的耐性，山巖的沈默，投下了
胡馬的長嘶，烽火擾亂了
凌駕知識的事物，雪的潔白
教堂與皇宮的宏麗，神祇的醜事
穿梭於時代之間，歌曰：
月將升

日將沒

快，快，不要在陽光下散步，你忘記了
龍綮的神諭嗎？只怕再從西軒的
梧桐落下這些高聳的建築之中，昨日
我在河畔，在激激水聲
　　冥冥蒲葦之旁似乎還遇見
羣鴉喙啣一個漂浮的生命：
　　往那兒去了？
北風帶著狗吠彎過陋巷
詩人都已死去，狐仙再現
獨眼的人還在嗎？
北風狂號著，冷街上，塵埃中我依稀
認出這是馳向故國的公車
几筵和溫酒以高傲的姿態
邀我仰觀羣星：花的雜感
與神話的企圖——

我們且看風景去

其二

我的手腳交叉撞擊著，在馬車的
狂奔中，樹枝支撐著一個冬天的肉體
在狂奔中，大火燒炙著過去的澄明的日子
　蔭道融和著過去的澄明的日子
一排茅房和飛鳥的交情圍擁
我引向高天的孤獨，我追逐邊疆的
夜禱和氈牆內的狂歡節日，一個海灘
一隻小貓，黃梅雨和羊齒叢的野煙
那是在落霜的季節，自從我有力的雙手
撫摸過一張神聖的臉之後
　　　　　　　　　他站起來
模倣古代的先知：
　　　　　　　　　以十二支推之

應驗矣
應驗矣
我來等你，帶你再見唐虞夏商周

大地滿載著浮沉的回憶
我們是世界最大的典籍
我們是亘廣原野的子孫
我們是高峻山嶽的巨靈
大地滿載著浮沉的回憶
熒惑星出現，盤桓於我們花園的天頂上
有人披髮行歌：
予欲望魯兮
龜山蔽之
手無斧柯
奈龜山何

薰和的南風

解慍的南風
阜民財的南風
　　　　　孟冬時分
　　　　　耳語的時分
　　　　　病的時分
大火燒炙著過去的澄明的日子
蔭道融和著過去的澄明的日子
我們對盆景而飮，折葦成笛
吹一節逃亡之歌

其三

君不見有人爲後代子孫
　　　　　追尋人類的原身嗎？
君不見有人從突降的瀑布
　　　　　追尋山石之賦嗎？
君不見有人在銀槍搖響中

對著江楓堤柳與詩魄的風和酒　　追尋郊禘之禮嗎？
遠遠有峭壁的語言，海洋的幽澗
和天空的高深。於是我們憶起：
一個泉源變作池沼
　　或滲入植物
　　或滲入人類
　　不在乎眞實
　　不在乎玄默
我們只管走下石階吧，季候風
不在這秒鐘；天災早已過去
我們來推斷一個事故：仙桃與欲望
誰弄壞了天庭的道德，無聊
或談談白鼠傳奇性的魔力……
　　究竟在土斷川分的
絕崖上，在睥睨樑欐的石城上

我們就可了解世界麼？
　　　　　　我們遊過
千花萬樹，遠水近灣
我們就可了解世界麼？
　　　　　　我們一再經歷
四聲對仗之巧、平仄音韻之妙
我們就可了解世界麼？

走上爭先恐後的公車，停在街頭
左顧右盼，等一隻蝴蝶
等一個無上的先知，等一個英豪
騎馬走過——
　　　　　　多少臉孔
　　　　　　多少名字
爲羣樹與建築所嘲弄
　　　　　　良朋幽邈

搔首延佇

夜　洒下一陣爽神的雨

致我的子孫們

我是阿拉法，開始於森嚴
我是俄梅戞，終結於沉默（註）
從不同的遠處，十隻牛載來了
一筐的石頭，請我變作浮瓜
　山川踴促
　桴馬不前
十四個太陽旋轉於低垂的天空下
獅子怒吼，我們靜聽滿樹喧嘩
瀑布沸騰著一切的感覺，冲彎了
一叢叢的理想。我們戰戰慄慄
想到白馬紅馬黑馬灰馬，想到

上帝的虐待狂——我們還應裝腔作勢嗎？
窗緊閉著，房子塌下，掩埋了一梯長的
亂語，和野獸跪下流淚的場面
哲婦哲婦，還是回到陰雲繞日的田間去吧
沒有符咒，更無需稟神。玫瑰叢升起了
墳墓的氣息，那是時間的實感
會來的，我們乘車，在飛甍夾道下
迎滿懷的急雨去
我們撫摸著歷史永遠青春的肉體
銅亮的雙足，熾烈的雙目
鷹飛過，虎飛過；蕭鼓齊鳴，發櫂而歌
詩人說：葬禮已完，狂歡去吧
逐走猪嗯，喝止鵲噪，唱一曲石棺之頌
樓頭有人頓足昂首，佛爺靜思而悟：
日期近了

一

日期雖近，但尚非相期邈雲漢之時
啄木鳥有啄木鳥的思想
松鼠有松鼠的驚惶
當星霜交換的時刻，我來告訴你們：
火焰橫流，將燒盡一切翠玉的城市
如車如馬的風煙拂過，木落門空
黃鼠再奔聚山巢……
　　　　我來告訴你們：
不要靠東風，縱使有燒船的妙算
拿好推背圖，熟唸燒餅歌和通書
勿近金面蛇形：黃鵠不來
天龍就爬不上殿柱……

勁風急雨獅吼鷹飛火躍泉騰
巫師與先知共桌夜談，秉燭對飲
我來哼一節催眠之曲

或變石頭爲浮瓜
教你們期待瓜一般和平的日子
教你們了解
自我中的阿拉法與俄梅戛
歷史，歷史永遠是靑春的

一九五九年十二月廿九日臺北

註：阿拉法，俄梅戛卽希臘文之 Alpha 與 Omega，一爲字母之首。一爲字母之末。語出新約聖經啟示錄，一章八節。「我是阿拉法，我是俄梅戛，我是始，我是終。」

夏之顯現

——一九六〇年

等著，等著太陽開向我
用它如字的手指懲罰我的雙目
等無雲無雨純粹的陽光
纏結於果物的正午
因爲我欲扭轉景物，扭轉
一切如女人的感受，石卵與流水
撒播欲睡欲死的光之羅網
罩我於無路可走的夏日中
我欲扭轉景物，乃臥木瓜林下
稻穀之風瓜果之風抱來一堆影子
一種安靜與及神聖的戰慄等等

花花葉葉登登對對，一片迫人的藍
從南山滑下，落在葉之後，白鵝之後
葡萄藤蜿蜒有聲的架下，大地搖動
可以南可以北
惠蛄的叫聲也在南也在北
鳥蛋所構成的天堂高高召喚我
太陽如鐵如悲劇重重壓著我
以光線以空氣以間接的環境
我欲扭轉景物，我欲迫使
所有的情緒奔向表達之門
通至未經羅列的意象
與及花的狂歡，與及歸家的
鎖匙在匙孔裏搖響，與及結結巴巴的
孩童的比喻。
死之正午如弓弦緊扣
我不敢向擾亂的明鏡投視

試握柳枝於手，如噴泉之向天
一羣乳白的鴿子戲浴其上
試手掩隻耳一放一放——
　　　　　　　　　火車竄過隧道
說我浪漫，說我患了無可救藥的懷鄉病
太陽總不會忘記花款的安排：骨感涼爽的
竹籬打開，這是豐滿如水的夏
（年青的病人說：我不敢與世界交媾！）
一隻蒼鷹俯衝而下一把抓住
我結節糾紛的思維。動的放射
熠耀的車輛，枝椏，遊船衝入
我的視矚，木椿竹節的音響
刺破燃燒亮晶晶的大氣
我在這一帶長白沙的伸展中
抓住海的拍擊的沈鬱

（眞實的故事只流傳於無記憶的人心中海
在大地的搖椅上開花簷前滴水光的變化或
金或黃或紅或青或只注意女孩草帽下鑽石
的瞳子注意活寶說話猶似啃囓香瓜或龍吸
水的氣勢或樹根盤結的哲學或以訛傳訛）

年青人，躺下來看太陽爬過碧空
曲之直，黑暗之代以光
光之代以無所謂的色澤
是神話
年青人，夏之驕目燃燒如紅髮

在樹頂發光的海洋
我急欲舀一掬顯聖的水登城
洒向這羣迷失的朝聖者
艱深如哲理數學的流雲
正等著你我的介紹

空氣流過我的四肢
我流過你們
（一朶蓮花能盛世界多少貞潔？）
來，來握手，喝午後的咖啡
午後香煙呼呼茶吃吃
我今晨走過一條記不起名字的街
可愛的濕而乾淨的椰樹的街
紫石英的陽光從雨霧中溢流
一如梳之扣起妝臺前的秀髮
年青人，此時如果你等待詩
詩也就來了。正當我舉首頌日時
耶穌忽然哭哭啼啼走過來
年青人，我們爲父母者不也很愉快嗎？

一九六〇年七月廿六日臺北

追

凌亂的城市村落的凌亂迸生著
一開始便蔓入無設防的八方筆揷著
無感的大氣而虛懸著我們也就
廻旋於烟突於書架於教堂
生殖的尖塔向世界急急
攀緣求完整求我們守望中
祭節的結合陽光幫助著
木如浮雕的事物幫助著
我們的手伸出一同觸到一場火災
回生的火災黃的紅的一些名字的
恐懼著新生之來自歡快

相同與相異都是烽烟牛羊袋鼠
也難忘昨日而明日未生又為
今日所殺死我們也難忘
昨日於今日凌亂的結合中

沒有附形的虛像自己器官一樣眞實的事體
從好奇的一個定點到歷史無數類化的再現
從思維默默到灌木到禽鳥到孩子們的玩具
或於今日之完整隱到狹心中無垠的不知覺

轉過公園的籬笆，那聲音
還在搖響：
我呢！
我呢？

逸

——一九六〇年

寧靜之所在　一帆布的
發熱的感覺暗暗浮動
來復於默默的地板上
秋季從簷間突下
許多聲音未聞而聞
許多火焰未燃燒而燃燒
包圍之夜神秘了
亞熱帶的眼睛和視矚
秋季滑進寧靜之所在
房間沉入微濕空空的出神中
葉子簌簌自遙遠

絲絹沙沙溜過琵琶
我們於是走進雨天
濕的瀝瀝的雨
下降的孤單的雨
下　降　下　降下
在很遠很遠的地方
日落後驟雨鞭打一個城市
激起淺水澤地間
一行白鷺
在日落後他們說我們將看到
太陽花雨簾蔽着
一亭子過去的明亮
戰爭時的低調
金風彎下麥田
飄起一流水的亮髮
帶著下降的調子

下　降　下　降下
白骨的雅頌
遙征遠伐的戰鼓和踩踏
湧來又去遠
帶著下降的調子
下　降　下　降下

（不知天之大白　如輪而來的
　玄裳縞衣而來　門開處
　臭豆腐的叫聲仍如昨日）

「焚毀的諾墩」之世界

我們似乎握不著。無形的伸展。無盡。但陸地的實感包圍了時間於一首詩之中。情感也被包圍著。記憶出現。一幕明亮的景。暗示發射著光從一個定的中心。一所房子的顯示。一座莊嚴的花園的生長。在一刻的領悟。羣居的彬彬有禮的生活的影像隱在矮林間小徑間玫瑰園一帶小屋一池水光。未被看見。我們看見。彬彬有禮的生活。典雅的生活。文明的生活突然在向日葵花叢裏在翻過牆頭的鐵線蓮裏在剪修好的松樹間穿插著。還有我們第一次初生的思路的投入視觸。一盤玫瑰葉的塵埃。中國的花瓶。提琴的音樂。光旋轉著。聲音廻響著。一層薄膜上許多一連串纏繞的意象。在輪的轉動下。在不動的轉動中。在靜止中。在倫敦的單調若篩穀物的人潮中。孩子們的笑聲衝出時間的泥層。人類的快樂跳躍著。可能存在過的事物。被切碎。滑下。被埋葬。滅跡。屏神的期待開始於一個觀念的激揚。石頭移轉。洒下一雨閃爍的果物。但爲了何種目的。行動來自不動。意義透過有限的形體。而人類的快樂跳躍著。指向一個永遠屬於現在的盡頭。我們似乎握不著。但一首詩中。有陸地的實感的包圍。

第一動向

沉思的展張。過去現在將來。存在於「永久的現在」。存在於柏格森時間的長廊。在心中。記憶廻響的足音溜下我們從未行過的通道。詩人說。親愛的看官。我的說話也如此廻響在你的心中。於是一節記憶升起。眞實迫人的一刻升起在你心中。或在早晨散步裏偶然感到一絲風的喜悅。或行車越湖光。擾動玫瑰葉上的塵埃。擾動已故的已深埋的事物在現在之中。我們越入花園。記憶的釆色的小屋。滿溢著回音。可能存在的。此刻均存在。在靜止中。在無聲中。在光裏。將來的與過去的發生過的未發生的。此刻均眞實。我們的第一個世界。我們的孩提的世界。我們人類原體的世界。在感覺的世界中。在此一刻的領悟。人類天眞未鑿的夢一再顯露。我們感到未有過的眞實。時間閃過。在秋天的炎熱中。空的花園忽然漲滿了人。來自內心的世界。音樂未被聽見。形體未被看見。我們明明感著。花的招呼。人的招呼。社交的。文明的。有敎養的。花與形體與聲音移動。由花園到小屋一帶到水池到蓮花。無人的乾涸的池。生活的實在的乾硬垂萎的陰影。變著。變著。精細地。池塘在陽光下得滿了水。蓮花靜靜升起。精細地。從光的心表面閃爍著。被反照於池中。季節交換。造物代序。和諧與統一在金剛不滅之體。蓮花的金杯。物象的太陽及光及池面。人的影子玫瑰的影子。殘葉裏興奮地躲藏著的小孩。完成的狂喜。美麗的現實。因記憶。因我們在時間之中。然後事物匆匆移動。鳥說。(鳥剛才懇請你入花園中。)去。

去。鳥說。是警告。是雲的遮蓋。是回轉。可能存在過和已經存在過的事物。指向一個始終屬於現在的盡頭。

第二動向

富於和諧的變化。相對的。美麗的意象進行著。蒜頭與藍寶石在泥土中。雷聲與轂中的藍寶石（註一）。藍寶石從落日之轂撒下。墳之口淌下一掬泥土與藍寶石（註二）。蒜頭與藍寶石。多變的形象。既軟又硬。是植物也是礦物。活著的莖長的和石化的閃爍的。平凡與寶貴。香與無味。存在於一平面上。雜於一。血液中顫聲而唱的絃線。靜脈中神經如金屬的搖響。舊的創痕。治與未治的創痕。流著變著。雜於一。雜於天河流瀉的星羣。雜於夏日之進入羣樹。葉上光之舞。地下野猪之獵。也如星之飛越。也如星之雜於一。也流而變。也系於某一已定的模型。無限的伸展。多變。相對。織合精細諧和的長幕。於是詩人和我們的思路追向一些新的解釋。去領悟模型從某一點。從一定點。從輪。從佛之靜止。與及動。與及抽象。與及分析。非動。非時間。非靜。非升或降。結論是：定點控制一切的行動。定點存在。卻不知在何方也不知延至何時。好慢。音樂沿著矛盾依附否定而進。但我們捉不到完整的認識。破碎的人類的經驗。局部的沉醉。局部的恐怖。無以完成。無以消散。無以雜於一。無以附與意義。人類肉體之缺憾帶我回到沉思之前。我們超不過時間。我們征服不了時間。只在玫瑰園那一刻。只在雨絲鞭打涼亭那一刻。只在教堂與炊煙之嫋嫋緩升之中。我們獲得無盡時間的部份之認識。

第三動向

捉不到時間完整的認識。我們陡然離開玫瑰園。回到用街頭構成的現在。時間的奴隸湧過不眞實的城市。在一個冬天清曉黃褐色濃霧下。一羣人湧過了倫敦大橋。這麼多。死亡爲何尙未處置這麼多（註三）。他們被禁錮於各自的孤獨中。在既非白晝亦非黑暗的時分。他們受時間折磨的臉孔。滿著幻想而空透意義的臉孔。從一個分站到另一分站。他們找不到意義。現在的。在過去中。在將來的企望。現在只是介於吾等來處及吾等將達之間的駐停。這是一片矛盾之地。

我們且停下。我們且接受孤獨痛苦。我們且走進荒涼的現在。且離開由虛無穿過虛無以至虛無的路。降下。進入黑暗求出之於光明。曾有一日。我們突然感到：好舒服。被款待。與及超然焦慮之外。但留不住。如時間之留不住。留住。只在記憶之中。孩子的笑聲開向一個驚喜的世界。失望與驚喜都會引我們至可安歇之地。引我們遠離時間過去時間將來奴役之鞭。

第四動向

空茫的薄暮佔領著花園。光滅盡。雲層竊去天陽。「埋葬」「黑雲」「相纏」「相牽」「捲繞的手指」。「冷峭」。是湮沒的深沉。是冷黑的熄滅。是絞死的痛楚。重重重壓在我們的身上。我們隨時等待或生或死或溫馨或兇嚇的撫觸。光靜止在世界轉動的定點上。

最後的動向

說話照舊移動。音樂照舊移動。重覆著。行動與音響雜於一。顯現於有限的形象。我們仍舊在時間的局面。永遠抓不到時間的整體。我們心知：一之存在。某種完整多面的模型之存在。時間與行爲均繫其間。中國花瓶的靜止中有盡頭也有開始。唉。我們仍舊在時間的局面。仍舊在重負之下在張力之下。滑跌。陷落。毀滅。與及腐爛。與及被嘲罵。與及在存在與不存在之間。而某些突然的片刻出現。有陽光。有塵埃之被擾動。有天眞未鑿孩提之喜悅等等。如飛鳥之突過頭上。我們忽感時間之瑣碎無價值等等。虛的。可笑的。陰鬱的時間。伸在我們以前和以後。

註一：源出馬拉梅詩："M'introduire dans ton histoire" 原句爲："Tonnerre et rudis aux moyeux"

註二：源出馬拉梅詩："Le Tombeau de Charlese Baudelaire" 原句爲："Bavant bouet rubis"

註三：取景於艾氏另一劃時代巨篇「荒原」（The Waste Land）第一章。

赤裸之窗

窗，介于孤獨與合羣之間。
世界的第四面。
虛無的。
多形的。
　　我們靠著有力的窗而生存著。

窗內，游離的思想駐定，尤其在冬天，當一卷北風壓縮了世界的時候，窗內是安全的。S從床沿移近窗。S如森林的夜；從鏡中看，佛之茫然；從窗外看，敏感詩人忽覺寒星的微顫。S開了窗，耐不住太多的安樂。
冰冷的陽光。冰冷的樹。沒有雪。卻是夜的靜。無聊的城市在遠處呆看。
窗開，沙拉格格。

另一面窗開，沙拉格格。

沙拉格格，是樹枝吧。沙拉格格，聲音來自遠方。這邊白色的斜坡，一隊白色的滑雪隊的雪屐濺起雪花，洒向白色的大氣。他說，在山彎處，你將看見一個村莊。去。去。去。前面是透明的網，後面兩行斷續的雪路。口袋叮噹的銅錢響。叮噹，一串纖細的雨水打在羅馬天主教堂的彩色耶穌像上，打在落葉松上，打在鐘聲搖響中。那是過去。我是在安全的室中。一股寒氣穿透了腋毛。心靜下來安穩地展開了一個營地，他騎馬彎過山角的孤松，翻下來，走到一羣啞劇般的取暖牧人旁邊。一隻浮雕的手指使他驚慌起來，他跨上馬，加鞭飛奔，眼前是一片大火，山角的孤松倒在仍是暗啞的屍體上，然後雪下來，白色的大地上野烟升起了一束的悲涼。

沙拉格格。沙拉拉格格……

那是什麼?S的手懷疑著眼睛所接觸的眞實，他豎起四根手指，如四支古廟的柱子擺動。柱後他目睹一場變故：一條大街，一車殘兵的血滴下，幾隻覓食的野狗。大學運動場廣張的帳幕，承受著陽光似的光榮的紀錄，他跑完了千五米在喘息。他是愉快的。他步入禮堂時掌聲使他羞怯。以後是一片迷惘。雪，燒餅，趕集的腳步聲，公園的演講，如月的銀光橫過他的視矚，他不覺呼出一口冬天的氣，冬天，冷，我的手應放在那裏?在胸前輕撫，血跳動，頭髮有拔起的感覺，他第二次感到頭髮是有生命的，也有著宇宙的秩序下突起的忙亂；喀夫卡，黎爾克：我的心從高空滑下，我彷彿馳過李、杜、陸、馮的日子，在瞬息間，仍然是冷，沙漠中孤零的草，北方是深邃的。沙拉格格，沙拉格格。

他走過了橋，雪停了。他跟著足印徐步而行，數著，一，二，三，四，五，六，七，八，九，十，十一，十二，十三，十四，十五，十六，十七，十七，十七，十七。一隻悲鴻從頭上飛去，唐詩的濫調，外國也有悲鴻嗎？外國也有雪，自然……十七，十八，十九，二十，二十一，教代數的老師，眼鏡下一雙寒酸的眼睛，性的眼，力的眼，燃燒的眼，五彩的眼，音樂，柴可夫斯基的，史特拉溫斯基的，蘇格蘭的。負笈曳履訪名師，山澤的櫻花湖水，這一朶，那一叢。朝鮮草皮茸茸，紙門，矮茶几，樹枝的窗格。蔗田，揚起的塵，橋下水浸的路，有力的，有力的眼前的追逸。來得快，逃走得快，一、二、三，跳上車去，要趕到一個終站去，警察的強蠻的手臂，無理的城市造成的尷尬的場面，這一夜在監獄裏，拘留所的重重的鞋聲，鹹魚，木虱，我整夜忽睡忽醒，氣憤與焦急，夜伸向無盡，炎夏也吹來了那樣使人牙齒格格的冷風；那是第一次，年青的一次，我感到頭髮是有生命的。你實在無辜，你的名字呢？

S把臉埋在掌心中。

掌心是紅的。沒有光，靜止的。沙拉格格，沙拉格格。叮噹，叮噹。

窗帘微閃著寒氣，似亮非亮。

堤岸上，安靜。堤岸上，忙亂。

砰然。一棵大樹被火藥劈開，血的頭顱滾在他爸爸的身邊。

他走進山谷，老師說，伏在地上，靠在牆上。爸爸說，把這盤飯放進養鷄房裏，令哥哥不要作聲。砰然，屋角塌下，壓死了一隻母猪，一羣小猪撫屍而哭，隔壁愛駡人的桂山婆也哭了，我的田地呀！

叮叮，腳鐐，叮叮。叮叮，鋤頭向頑石。叮叮，黑色的長長的灣洞，泥土的氣息，山的氣息。那時我幾歲？那時，我怕蛇，蛇，蛇，多利，多利，多利。飲杯鹹水。飲碗蘿蔔水，我吃錯了藥，祖母唸唸有辭，慈悲的，關心的，我刻刻靜觀我感官的變化。那樣年輕，也會想到繫在我身上的一羣人，撒了一夜尿，好了。又在山間水旁，「人」之眞實化入我的血？我不知，天上的星星安排著許多的花款。

下雨了，

雨竟是無聲的。雨，無聲的下著。

鴨子弄翻了船，無聲。

S努力著，努力忘記這一些變動。S努力。S努力著。連雨也感不到了。只是無聲，可怕的無聲，沙原上，屍體，野獸的，人的，植物的，仙人掌無聲兀立著，遠山也無聲兀立著，還有腐爛的味兒，蛆蟲蠕蠕動著。啊主，無論什麼主宰都好，請給我些有聲的變化吧。

求求你。

求求你。

求求求求求你你

求你。

還是自己的聲音，自己的，回響都像一柄刀，刺破我的穴道。我赤裸著，我的心膨脹著；啊好大，好大，終於被一捲黑旋風化作一株小花，又化作一隻呆立的鳥，又變作射鳥的獵手，槍開了，我落下，我落下，我落在火車站前……

一聲汽笛把S送回現實。他摸摸自己的肉體，仍是高插多空的感覺，沙拉格格，沙拉格格。

S擡起頭，看見大開的窗，樹枝在窗前舞牙弄齒。S微笑，移步窗前，關起來。安全再佔有了房間，房子與多天隔絕，他再不覺得自己是赤裸的。

我們靠著有力的窗而生存著。

多形的。

虛無的。

世界的第四面。

窗，介於孤獨與合羣之間。

一九六〇年二月廿日香港

斷念

彼囑予視
廣日垂天之翼
致帆桅滿漲
七海熠熠
雲石之息
養循環天幕
　「迷失！迷失！於虛數之冬！
阿彌陀佛！佑我自長髮之牢。」
予爲戰之幼子
彼之奴，彼之臣屬
予默應其刼，或望膏油

念花之賜於林，念鳥之於空
雨之於河
予之自彼無衣之體

仰望之歌

——一九六二年

在一個荒落的小站上
一尊皺乾的佛像悠悠醒來

丟掉的記憶把我承住，我就舒伸
因為只有舒伸是神的，我就舒伸
白翅的瞻望入你們馱負習俗的長雲
而跟著清白的風河萬里，在嬰兒
空無的胸間一再複述，你們進入光
一若一頭獅子走向水邊，聲音進入你們
樹便散開，扇形的記事就移出圍牆
而孩提富庶的目光

忽然在眾多的竚立間穿出
一串裸浴女子的水珠在廣場上迎接
而擠滿了臉的窗戶敞開來歡呼
我的流行很廣的奧德賽，因爲
城鎮已依次自造
在盛夏鋸木板的氣味中
神與饑饉依次成爲典故
在梁桁間葉子不負責任的搖曳
因爲是風的孩提
因爲是雲的孩提
　（那些是新來的客人自花姿
　　那些是船隻自容貌
　　那些是藍自凝視
　　　那些是糖
　　自山色）
因爲是風的孩提

因爲是雲的孩提
我的木馬在淩波上
我的鈴兒的說話中
當欲念生下了來臨與離別
當疲色的形體逼向車站
當燃燒的沉默毀去邊界

風的孩提
雲的孩提
你們可知道稻田怎樣被新穗所抓住
我怎樣被故事，河流怎樣被兩岸
兩岸怎樣被行人，行人怎樣被
龍舌蘭的太陽？
花朵破泥牆而出，我就舒伸
因爲只剩下舒伸是神的，就舒伸
向十萬里，千萬里

十萬里千萬里的恐懼

一九六二年八月中臺北

內窗

——給兩個月大的女兒蓁

不曾把時刻辨認。

面象歸回鏡裏
顏色溢滿框
聲音在顫抖裏找著了自己
火成形於焰
醒來：清酒在靜脈裏流著
蓁，晨街自妳夜之眉睫
冉冉出現
那未閉合時的豐庶
在那不辨時刻的閉合裏

變爲濃郁
　一隻麋鹿呦於幽谷。
星花濺神蜜於妳的雙目
鳥兒停在飛翔上
我們在聽道裏遲遲不前
夜獻身給光：
黑色的鎖打開，而光就給它面貌
　　　　　　　給它幅度
　　　　　　　給它凝神
而山安坐著。
或許等待了太多的夜晚
房舍傾出、沿著我的兩手
分開、排立。蓁
妳的以往是沒有量度的夢而
當陸地和海相爭爲各自的主人

妳就以休息將之排解
將之放回原位
以休息把剛打完的鐘聲
挽留在母親的臂灣裏

（那就是崖岸嗎？
他們怎樣因執拗而見著。）

無色的心花盛放，使
音樂滴蕩著雲
開出的運煤船把太陽升起
當忙碌還給了橋
回聲還給了音，金黃湧向路
澄碧浮出水
　　　　黑色，啊，黑色
遂因逐去夜而成虹。
濃郁的光之流轉。

而山安坐著。
不曾把時刻辨認。

一九六二年九月臺北
一九七〇年重寫

降臨

——一九六一～二

裂帛之下午

裂帛之下午披帶著
黃銅的聲息
　　一切應該齊備了
　　　　追逐
我們心之欲達，指及旭陽之劍的廣路
臣服於
我們升起的塵薰之足
文雅濡濕的星之金礫臣服於
野蠻的銅鑼之一響

如雲的樹木
拉下高天明徹的憂鬱，淹沒我們的
計算無間的滴嗒之夜
而青春的穀粒從風鼓的斜梯落下
　　　　　　　　　　歡樂的箭簇
從孩童凝神的果臉射出，閃爍於
另一些孩童奔迎的墜落中
裂帛之下午　出征的馬踏聲
如年節　鞭炮高揚明滅之波
　　　　出征的過門
縈繞著
無垠死灰的榮耀
塔樓之風的號角
幡飛起
一排方陣向陽的船桅
與及爲鼓樂聖洗的祭物

與及麝利香渦漩每一道
晶凝肌膚的氣流
金鈴顫震，顫震的太陽風
捲去外貿人員含糊的呼吸，捲去
港口工人的喧喝，飛越
下午高張的明淨的枝椏而停駐於
情侶在草場上金橙之滾戲
而青春的穀粒落下
而出征的金塔的歌聲落下
　　瀉入賦生的斗斛之中
飄金髮於澄碧之前
搖纖手於晶亮之間
裂帛之下午披帶著
歡樂的廉正的航行
——一切將要齊備了

冬之囚牆

冬之囚牆緊觸著
明朗的空漠，憂傷的
冷冽的腳鐐搖鳴
一冰柱的叮噹，囚窗的太陽
獨佔霜髮的蓬野而歸于
樹的淋漓美麗之欲滴，潔麗
歸于密集遠山的城市，匆忙
是春夏而風流
是夜

（狼羣追咬著一個午後
過黃泥之坡的凍瘡的腳
雹的翅翼回答著
蜷縮的神經之奔向明淨）

而憂傷冷冽的腳鐐搖鳴一冰柱的叮噹
而夜屬風流而匆忙屬年青冷冽屬冬之囚牆

我茫然目睹一節柔軟的蛇的移動
摺疊上階臺

日日羣山

日日羣山從我們的兩肩躍出，然後滑落，然後
一若憂慮的偉大的拍翼指揮著海流，一瀉千噚的
水銀的太陽指揮著我們夢之放射，死之螺壳
吹奏昨日許多盛大的婚宴，風暴默默領我們
欲望之鷹盤索大地的掌紋
　　而好奇與病的頭　一激流的亂石
　　滾入引向八方的長筒的街道
　　而婦孺喋喋的囈語每每於午後
　　顯示新神

而短暫的床
日日指出我們的局限
（我們再也見不到兩手托奉雙乳的婦人）

其後，親愛的流犯之王，我們離棄所有的冰羽船而在流沙的行程中常常守夜
其後，我們燒盡庸庸的市聲而飛升；其後我們便是旗，沒有寒食沒有清明
沒有重陽的旗……

日日酵母的白菌太陽在大地的水銀凝住
日日我們欲望之鷹啄食著風向而
當黃昏之火把高原展開
你將看見我和我的馬站在那裏

從我們的指間

從我們的指間爬出，你一下便鎮住

彪大的年齡和季候，從水中湧出船隻便也鎮住了
骨灰與墓石的港口，哥哥，你喧嚇的劇團的隊旅
如何走入歌聲之牢而飲風砂於無垠
在破牆的彎角發現你喫著石灰的花果
響徹村民的雪崩之後，你如何成爲
我們欲望之字彙，而無瑕的岩石之貞女都除下
所有的牽掛向著那持久的藍天——
有什麼比得上這持久的藍天呢？
而無瑕的岩石之貞女都除下一切鋼鐵的衣衫
開始簷下沒有帆桅的偉大的航行
哥哥，當一個女子在你肩上入睡
她是否也懼怕這無涯大海的呼吸
她是否也知道你巨大袍裾之戲劇已鎮住
一切的年齡和季候，她是否知道那夜
你提燈送我出喜悅的梯級去檢拾
祭殺過的月亮與焚毀的星羣去海葬

陸地之婦？
哥哥，當無瑕的岩石之貞女除下所有的牽掛
你可曾墜進這持久的藍天？

斷層與黃金的收成

斷層與黃金的收成一齊自我腰間潰散
梨杏的子實一一被埋葬，我就轉向你
無眠的彪形的意外，你的一尊
升起的獨石柱牌依著你的指示一如
馬上的少年依著遺風猛然奪下
海之新娘而繁殖
猛然以壚坶的土壤賦長日炎炎的市鎮以羽翼
養我生民焙炙的熱望以簌簌之聲
以拉緊的青銅肌膚的節拍支駛河伐
而突然在高枝上爆發，萬年的花朵
開出孩童捲浪的春天。當永久洶洶旭旭的

奔蹄衝入你我的初識，隊商們卻依賴
不急迫的進度向接天之長路，摘茶婦
背佛窟與要隘向茶林之山坡
當雕塑巉巖的天候雕塑著戰爭與愛情
我將領你們在黑色的草原上爭一份祖先的夕陽
在靜靜的河上爭回兩岸的高歌

有美一人
其圓似日
其滑如流
其亮若天
有美一人
其豐似稻
其氣如蘭
其溫若土

我將領你們哭泣爲傳說的色澤爲毒麥
然後掛上輕輕一片布絮去敵住所有的疾病

旭卉的彪形的意外，梨杏的子實已一一被埋葬
斷層與黃金的收成一齊自我腰間陷落我是一尊
升起的獨石柱牌依著你的指示……

河想

——一九六二年

雲層下傾
鼓聲向上
白日啊
爲什麼你逼進我的體內
而釀造河流
爲什麼當那無翼的
飛騰向你
沒有根鬚的就站住
沒有視覺的
就抓住那巍峩，而兩岸
就因我的身軀而分開

進入一個內裏進入一個中間
哪一個內裏哪一個中間？

我那沒有次元的身軀
如何例行地掛懷著
我曾經誕生那件事而欲問：
一泓清水
曾否爲接那月色而等待
一棵樹
曾否爲呈風的體態而生長
自從人羣引出了慶典
腳步帶來了城市
高高的雲層一再下傾
鼓聲一再向上
海卽以其無涯的顫慄

承受著我們
以其無色的蔓延
反叛一列列好奇的眼睛
白日啊
當你依山而盡
不識羞恥的女子
此時就以搖蕩的雙乳
洗滌那些風
此時就公然以私處
推出自然

（人來人往
同一個人
同一個我
人來人往）

此時冬天被否定後
就沒有季節那個名詞
也就沒有年代曆
——那些飄揚的年代曆
此時山被否定
一切發聲的器具
都成爲天色
　成爲星之運行

進入一個內裏進入一個中間
哪一個內裏哪一個中間？
白日啊，既然我飲不盡我自己
告訴我如何可以看進自己的眼中
如何可以不成河——
那一條，那一條不流的洶湧的河。

一九六二年五月廿八日臺北

舞

——一九六三年

陀螺的舞蹈自花中，波濤起拂袖
擴張著日漸圓熟的期望
款腰自風中，杳杳然緺綣
臉上橫溢的景色
白玉盤無任地
盛茫茫眾目

（雲來萬嶺動）
流年的頭髮拍動市街的落日
起伏的鳥聲漂盪斑爛的喧聒
高山忽使孩兒長

宴會使庭院……
長青的天空如腕
把款腰挽住
波濤沓沓
　在冰寒
纜枕自眩暈的轉睛，軒木紛雜橫著
競漕自滔滔的唇舌，絲綢紛雜橫著
窗戶統被龐大的足音推開
胸懷被肉體緊閉
款腰　在風落後
如雲去　成一色
有花朶自木馬旋開
有鈴聲自兩臂散落
有抽水的風輪牽帶著河漢

一九六三年九月廿日

第三輯　愁　渡

（一九六三—六七）

花開的聲音

就是那些從未聽見的聲音嗎？
　降落的聲音
　日曬的聲音
　花開的聲音
你，就是你的升起
重疊了海和天
使雲，自白色瀑發的洪流裏
拂起古代奔蹄穿梭的大火？
借問歌聲何處盡？
青色的山間？
黃鳥路呢？

海鷗的飛翔呢？
當所有的顏色爲一色所執著
當所有的聲音止於你的容色
天際的城市潰散

峭壁沉落
巨大的拍動鼓著虛無
七孔俱無的石臉
檢閱著知識生長的圖畫

花間：何種湧動
使萬物可解？

這麼多的門鈕
向庭院和臺閣……
使人瞪目啞口的季節
你升起之勢如此赫然可驚：

啊，不要讓河流
不要讓樹林
不要讓村落
　沖洗去
不要讓戍卒
在孤寂的塔樓裏的期望
溶入降落的聲音
日曬的聲音
花開的聲音
或成爲樵路
　細
　侵雲……

一九六三年隆冬由臺飛往支加哥途中

公開的石榴

——一九六三年

一

營營的日午用它倦倦的拍動
輪軚用它風箱的抽逼，向每一扇
敞開的門窗，可愛的石榴
在遠遠微顫的風林的潮湧下
慾慾的爆開，當一羣赤身的男童
蕩蕩的從旭陽的心間奔向一種召示
那猶存的茶道的幽室
正是石榴紅上肌的時候

二

如是一列列被棄的瓷皿和家禽
便爲年長的人所眷愛，每天都彷彿有
白色的蘆花從星羣中溢出
而從沒有人會糾結在：未被拉開的垂簾
未被進入的房間，一盤剛切下的甜菜
當眉睫從井中射出光，喧吸只從街道去
神秘只從層層疊疊的水之芽
如是黑色的倦倦的哆嗦
輪軟的風箱緊緊的抽逼
每一扇門窗都等著
孩童的嫩臉自石榴的雲霓開放

三

東城的河流梳著繞繞的紅草。西城的樹傾散著黑黑的鳥聲。不死的太陽在

花園的牆頭上，按照汲汲的蛇的騷動指證：石榴已被層層地公開

四

而栗樹上潮汐的歌聲沉澱後
獨立在一川烟霧飄洗的屋角
風信鷄以未被日光污漬的早晨
把山河印透在
曾是強弩曾是風的
滿溢著淒其的女瞳
如是，石榴在孩子們的仰視下
展出了海天的更年期
而爲了喝飲去年停在
雪地裏的一聲歡呼
就在鹽的雨雲裏
猛猛地
抓住一個固實的影子

五

營營的日午用它倦倦的拍動
輪軑用它的風箱抽逼厭厭的蒸騰
自坐禪草旁一隻剛死的鼬鼠
向鬱雷一般呆倚著的九月的孕婦
雖然白色的醉漢一個個從杯沿溢走
一隊聽不見的行旅仍然移動
婚媾的鼓聲從腳步的風暴中
成爲一道道汲汲的儀節的流泉
衣物是繁花，天候在春色有無中
是沒有個性的海之嫩芽
如是，石榴就是召示
對那狂濤的血而言
在營營的相爭爲上的火焰中
未始不是一夜燦爛的高歌

白色的蘆花其後就微微戰慄

一九六三年四月

有文鳥鳴叫

——一九六四年

睫毛密織
冰雪激響
明月生瘦長的樹枝
夜在狹窄的聲帶間盛開
而沿著內耳壘而上的
是天地的運轉嗎?

鹽刺綉著海
泡沫製造釀酒場
在高樓上
過客心中的笙簧

浣著狂歡
冬天，在患病的霄壤間
把兒女們橫成凜烈的音色
果實成熟欲爆於胸前
鑛床流著溶液
螺壳鼓著波濤
山嶽呼喊著
宏亮的黑色的隱語
在患病的月光裏，看
雲自開而雁路長
哄鬧：許多嫩幼的臉
自煙的泉花間湧出
找一種顏彩
使肉身重現
使結交時可以認知
刺綉的鹽與羞耻

洋溢的白葉
長自手臂，手臂
吊在震耳欲聾的濤聲裏好似
完結了的戰役所佩記的
一個無可發音的語字

睫毛密織
冰雪激響
明月生瘦長的樹枝
沿著內耳壜而上的
有文鳥鳴叫

一九六四年刊出
一九七〇年修改

白色之死

（TEMPO 的練習）——一九六四年

一

濤聲疊砌著戰慄的瓷皿在眉際
金箔映照著焚燒中乳白的城池
鳥絕而天空璨麗，季節的眾手
自微微波動的呼息中伸出
一若鞭碎的黃麥掛在朝陽上
戛戛的紡車，默然的門掩
此時都是裹在腦葉裏的幼年
洶湧的石塊自白得要佔有星辰的帷幕
伺候著神經最後的冲洗

或許在沒有骨骼的風中，你渴欲
成爲除卻語字的景色，渴欲
除卻碧瓦窰的戰慄，或許等待本身才是
那凝結在你眼中的玉樹與初寒
冬天拒絕了繁茂，往往堅硬
就是嚴層的生命，山出現
而向海流，河川生
而不避窪地，湖泊是故
無以高舉自身，花瓣
把一切呼喊切爲漂盪的雲
而白孔的太陽緩緩傾下
那明亮的釉漆一若
濤聲疊砌著戰慄的瓷皿在眉際
引帶著霜天的枝椏間有馬羣馳過
雲層以外那裏不是藍色

二

激濤洶洶。

瓷皿

層層叠叠
顫動於眉角。
金箔爍爍，燃燒著——
乳色的城池。

鳥去

鳥絕，天空璨麗着着
白壁的手指
依著微微的呼吸
伸出
　　鞭碎的麻
向溢過山頭的海曙。
戞戞的聲音是什麼？

（是紡綞在轉。）
默默的幌動是什麼？
（是門在掩。）
幼年，幼年，腦葉裏的
幼年
帷幄拂動，星擊著星
石擊著石，脈絡已達關外
冰河停駐。冲洗已完。
或許，還需狂飈來
去文字
存風景
去火焰
成翠瓦
等待：玉樹和初寒
封住視力。
冬天拒絕了繁茂，

岩層以堅固爲界義。
山接山而向海流
河逐河而隨低地廣大
湖：無以自舉
呼喊
辭唇舌
破裂爲花
滴、滴
太陽的白孔
滴滴

披帶天空而去
霜枝裏
羣馬洶洶
雲層外
　藍復藍

聖・法蘭西斯哥

——一九六三年

私生的天使
迭次鎮守著
堵隔海天的小陽春
風之蝙蝠
穿飛我們欲念的錐輪
許是昨夜許是今夜的橄欖石
自驚恐的幼瞳中裂碎
我們的血液結著蛛網
虞美人擠向教堂的頂架
當那微弱的色澤
填補了岡陵的虧缺

揮動一切來路去路的手
把黑夜
揉爲一個吵鬧的出口
蓼蓼的繁星蕩滌我們的睡眠
好比腰際永久掛著的
那勢將激發的氣流

　而衣物悉索在汗毛間

鎮守不相容的海天
我們的欲念灌溉了許多夢以後
就停泊在你恆常的貿易港
聖·法蘭西斯哥
那私生的天使將把你的山川
迭次輸入自來水管與炮筒
我們的仇視既是一串銹了的環鍊
我們既是那固立的羣樹

小陽春有了私生的天使
欲念有了蝙蝠的錐輪
聖·法蘭西斯哥
你就以你日以繼夜地生長的肢幹
推開胸懷而見明日

一九六三年過三藩市

遊子意 五首

——一九六五年

第一首

螺旋槳緩緩地停定
如絞洗過的潔淨的羽翼
在春天，銅皿鏗然
暴雨中漠漠地
蔚爲晶簇的烟花。悄然凝慮
在無意藍的江海之上，許多炤炤的
通路把一個背向的婦人呈示
在無那的陽光裏，或者是
有了溫暖自流亮的荇藻

泉水從廢木上溢落
車輛自沉默中駛出，或者
入晚時白鴿羣的起落
確是那開不盡的叢菊的光芒
確是那隨著戰爭散落的雲髮
在星期日，在無數耀目的庭院中
音響和血液暗結於朝露

第二首

把窗戶打開讓白天沖擊四壁
街道守了一夜而終於把屋宇舒放
城市緊緊的把持在海角上
承受著情欲與爭吵如同
眼角在機聲達達中放任著
景色的突變，在硬化的蘿藤間
鼓動琉璃的脊觽，風起時

冥冥中有草木結響，簌簌的
依著正午時浮游於大荒的公路
引出
那沒有尺寸的過去
如雲

第三首

傾散
破舊的車轂向瀰瀰的煤靄
雪溶的時候
銅翠裏有魚羣穿梭著
相似的行程，足音霍霍
如砂金石
自持續無由的排氣管
在海藿的搖拂裏鳥屍漂洗又漂洗
焰焰的記憶也一樣，漂洗著胸骨

暫若平常的撫觸岩石脈脈的流紋
煩瑣的繩屑傾散
向不勝負擔的木蓮的枝梢
春季率率
爆破
圓熟
而井臼寂然

第四首

初次的君臨
絕馳道
振霓虹
那時候你咄咄的說：肌理既棄
誰不具腐蝕的面容？
當太陽逐漸把鷹隼的飛翔點亮
當樹枝如生黑煙子的手指

把紅雲撥開，凜烈的脫臼者
你得忍受一個生育過多的婦人
你得在殘暴的色粒中
拼合人哭人歌的水聲
你得任天外的雷電
使你的思念
長成退潮後一排潔麗的珊瑚牆
死於血拴的童稚的眉目紛然落下
迴環，然後停定在無所謂日夜的
暈眩的凝視裏。凜烈的脫臼者
把巨大的字典撕開
你的骨骼，你的纏結的筋
在光細弦欲上的時候
　　　絕馳道
　　　振霓虹
你就咄咄的說：肌理既棄……

第五首

開始敍述對肥沃的黑暗的呼喊
所有的燈光吃力地
支持著欲吐激情的嘴唇
睡眠的蜜蜂嗡嗡的
正築巢在樸實無華的瞳孔裏
而駭然不前
因爲其中的索具嗎？
乳酪色的綬帶
牽帶斷冰的星雲
舒卷脈搏與憤怒
淡入那織完又織，放完又放的蒼茫
其次，河流湧動，彷彿看見了天空的裏層
濡濕的葉子彷彿發出了目光
沿岸的墳地飄滿了旗幟

碑石翼然飛揚
　　敍述
在絡繹不絕的往來裏
那地下室冥冥的灰色中
足繭似的搖晃
一若那意猶未竭的水漏
滴滴滴滴，滴入那
肥沃的黑暗的呼喊裏
蜜蠟中去追索那蜂刺與營營

一九六五年春夏間普林斯頓大學

曼哈頓 Diminuendo 三首

——一九六六年

第一首

潑落潑落的汽船曳著街衢
難得有一線灰金的鳥影
描你的身形
在斜傾的烟突上
是缺少了戰爭嗎？平板的碼頭
垂釣者磷磷的曲背
好比是永久的天晴
好比是沒有了

鑲著頭燈尾燈的

撒撒的珠網那樣
你問：要把城市帶到那裏呢？
你悠然的視線
乘著不涼不熱的獵獵的風
晃著要把夜色攔住
怕它溶去你的肌膚嗎？
那痙攣的手豎立的
晶翠的肌膚！
潮水驅著黑馬而來
踏著礫礫的玻璃聲
然後拴在廣場的燈樁上
潑落潑落的汽船潑落
潑　落潑　落
停入你徐徐呈露的臂彎裏

第二首

彷彿是戰爭裏浪花湧破的房舍
你的音樂砰然
自喧嘩的地下河道突土而出
沉默的魚類在那
說是無晴更有晴的下午裏
迅速的雕琢
攬雲梳風的欄干
青葱化作天藍
　　一切傾棄的心跡
洶旭在階下隆隆的黑暗裏
你的指揮棒好比游刃的素衣
束著束著放開放開那些僕僕的
黝黑的流颷
　　輪齒
扣緊了四散的清晨，琴柱鬆弛著年齡
山茱萸拂著綠銹的橋頭

星羣守護著嬰兒和乳鴿
而傾心於你的海呢
交疊著圍困重重的胳臂
讓雲霓的城市
昂然的流浪在閃爍的桂葉裏
高翔的掌聲中
沉沉的是淡灰的月光的邊緣

第三首

黑膚的激流何其猛啊
磨洗蛀蝕了的鎖骨
冰解後
蒼鬱的氣候
在馬刺的廊柱下
挑著絨線
　乳酪的燕子

啣著杜松子的秀髮
而你呢，天衣的縫紉者
怎麼在一鍋醇香裏
你任風標的舵擺盪
任公園永遠漂在廣場以外？
（蒲公英在孩童的無知裏
高過了花車遊行的夾道的人頭
滂沱瀑布冲濯著鎖骨
傾溢的酒蟻好比下城裏的合唱隊
張開著嘴唇吸吸的什麼你可聽見？）
鎖骨嗽淨後
在鵝黃的針線間
彷佛是燦然的瞭望鏡：
滂沱的雨落入海中一如雨刷子
刷著刷著那沉睡如泥的黑婦

聖誕節(註)

——一九六六年

「媽，爲什麼你對著那漠漠的天空擔心得那個樣子呢？我們掛在樹上的長統的襪子裏不是有駱駝和帳蓬嗎？去年聖誕節老公公從西城的感化院回來時不是給了我們帳蓬和駱駝嗎？我們那時很氣，我們想，聖誕老公公一定沒有了時間觀念，我們的長島以前的確是一片沙丘，但沙丘也有樹木呀！我們想，聖誕老公公也一定丢掉了空間觀念。我們那時很氣，我們總不能騎著駱駝在那穿得很少的女人(媽，別瞪眼！)羣中遊蕩呀，更不可能去『蛋捲遊樂場』，把成年人的玩耍搗亂。

媽，爲什麼你對著那漠漠的天空擔心得那個樣子呢？聖誕老公公一定會來的，縱然天上的風沙再大一些也不要緊，反正我們有了駱駝和帳蓬，可以上天去接他，護送他到妳房間來。我們當然要禮物，要什麼？不，不，不要巧克力，不要火車，我們要洗頭水和TV上棕櫚樹下月色間的什麼『如雲的呼吸』……聖誕老公公是男人，他不能不懂」。

漠漠的天空翻騰
聖誕的歌聲刺著紋身
孩子們望著——長統的風袋似的襪子
媽媽也望著——長統的風袋似的襪子
聖誕老公他今年來不來？

一九六六年紐約

註：爲避免一些讀者的困惑，長島郎 Long Island，蛋捲島郎 Coney Island 的隨意譯名。至於該二處的地理特色，我想對以上這個小調是沒有多大關係的。

暖暖的旅程

——一九六六年

第一章：Andante

隨便你凝神或是茫然
甚至園門大放景色也從不進來
階前孔雀咯咯，窗玻璃搖幌著
磁盆裏黑金的杯盞
彷彿樹上的青梨
也發散著鐵砧的鎚響
是的，隨便你那一個時刻起床
從曲折的廻廊那一頭出來
長椅上還是斜倚著

白茅裏得暖暖的睡眠
圍牆是一帶濃霧
揉散了燒焦的橡膠
和指標間玄鳥死絕的輪轉
睡眠裏在暖暖的白茅裏
雲塊聚向清婉的歌聲
所有沉沒在海底的星石
都聚向當著懸崖的圓窗
是的，你數著那遠煙裏的飛鳥
在穿花的磚頭上聆聽潮水的時候
你站著的地方是舒脫的垂髮
和大朵大朵石竹的白釉瓶：
「不要驚動那鬆毛的扁鼻狗啊！」
歌盡雲卽斷
　　　　　　　『號外！號外！』
長椅上還是臥著

白茅裏得暖暖的睡眠

第二章：Moderato

苞衣落
襤褸的煤煙在驟雨中滅去
浴池下排水道滄浪的響著
妳從蕁冠裏涉著濃郁的日子出來
在框架間踏著許多相同的步姿
而突然浪濤盛放：
「我如何去綴合軀體
在兩腿之間呢？
一節節的晶潔的肢幹
怎能是撒卻瓣葉的花香
或是惶惶的高壓的天線上
那凝重凝重的金剛石？」
海螺淘著水藻和沙礫：

撥水的槳聲，碧空裏
紗衣網著停定的早晨
岩穴網著陽光而喧鳥覆春山
後來嗎，船就左右流之
龍骨梳著荇菜，山瀑無聲
截雲的花瓣落入雨過漓漓的街中
一輛公司的巴士恰好經過

一九六六年夏天普林斯頓大學

愁渡

給灼

——一九六七年

第一曲

說著，說著它就來了：
奪繁響
摧朝花
薄弱的欲望依稀似那年
那年愁機橫展——
三桅船下水如玉
昏鴉澎湃，逐潮而去盡
妻說：我們就開動吧
向東也好

向西也好

房舍的餘燼因風
如線軸的線默默的織入
記憶的衣衫裏
我們不是有海的搖籃嗎
任棠兒夢入舷邊的水聲裏
說著，妻的頭髮就把砰砰的戰火拋在後面

　快快睡，快快睡
我們有了明麗的冰雪
別怕那拾級而上的新娘
　快快睡，別驚醒
　雖然你已經傷殘

睡著，水庫壩上的瀑布滂沱
好遠好遠的聲響，彷彿
高懸的針藥，在橫斷的夕陽裏

載著一隊白衣的女子
指劃著
　　向烟籠的弧岸
　　　　　　一個男子
搖著麝香的鈴兒，把金波
洒向焦急的人們
而琉璃的航程緩緩駛進血脈裏
　「風起了！快下帆！快把舵！」
轟然，流沙突變爲清鑑的湖以後
親愛的王啊，爲什麼你還在水邊
哭你的侍從呢？
掮起你的城市，你侵入遠天的足音裏
不盡是你的城市嗎？
親愛的王啊，別憂傷
你在那裏，城市就在那裏

第二曲

悠悠的楊花翻飛
在澄明的陽光裏
鴿子含著微雲而侵嶺路
那時你倚著窗臺一如你倚著裙子
　（檀香幽幽的燒著）
在窗外放剪花的船
　　　而斑駁的豹脊
起伏著起伏著。你說：
風繞過了帝王谷以後
白天和鳥鳴如星細落
引擎密密麻麻的音爆裏
有大城斜斜的開了許多畦的花
　使夜
如你

倚著裙子；玉臂的清寒
無邊緣的凝視
任溜冰刀霍霍的切入
寂寂的圓裏。
就是這樣的，王說，
你也不必因見不到莽莽的海而愁傷
倚著窗臺
我們共聽血脈裏的潮湧

第三曲

親愛的父：
果實亡於它的美味和營養
我們告別田野和工作
在門復門，關復關的
轟轟烈烈的公園裏
我們散髮爲旗

赤身而歌：

豐滿的圓旋呀旋
你在圓外
我在圓內
豐滿的圓旋呀旋
圓旋爲點
你我同眠
豐滿的點旋呀旋

往往在尖塔上，我們爲星辰解纜
在雲樹間的五弦線上穿行
在船艙裏想果實的亡故
黑夜來臨的時候，羣山升騰
鼓槌急墮，水鳥高飛
我們結件，一一的停泊在
那碩大無朋的五弦琴的腰際

而散髮飄揚著
　飄揚的散髮就是我們的名字

第四曲

怎得一夜朔風來
千樹萬樹的霜花多好看
千樹萬樹的霜花有誰看
當玄關消失在垂天的身影裏
我不去想釣魚郎此起彼落
啄完又啄、淋漓欲滴的春色
因爲依稀曾有你，王啊
依稀是你：濺銀河
　　踏歌聲
　　折樹牆
那時兩岸的山花似雲開
鐘鼓齊鳴

而你說
旭日騰騰而來
林斷山絕
我們澆酒爲霧
在霧裏找一隻手
穿一扇門
在無風的室裏傾耳聽泉
聽湧復不盡的跫音
王啊，我只聽見霜花摧折
和你踏著脆裂的神經而去
渡頭上，依稀你曾說：
賜你我的血液，賜你棠兒

城牆陷入晨光裏
千樹的
萬樹的

霜花
千樹的
萬樹的
霜花

風落後
春草萋萋：
棠兒啊我的棠兒呢？

第五曲

那時他行於蕭蕭的白楊間
空氣聚向他
他奔向雲間的烟木
烟木帶著太陽白色的影子
一如海浪似的緞緋
那沒有眉目的王
他雙唇抖抖說著些什麼？

那時棠兒奔向奪天的岩柱
他倚著槐樹望著流泉
一匹美麗的白馬穿石隙而去
空氣散向土灰的大河
河上漂著掛著髮飾的五弦琴
我們的棠兒
他吹吹的嘴唱著些什麼？
我們故事裏的妻子
她在堤壩上看水花冲洗著夕陽
聽濤聲外白衣的嬷嬷的鈴唱
和鴿子在沙灘上的咕咕
而松雲是那樣的美好
花非花，葉非葉
她不明白爲什麼一陣風會把

嬷嬷的黑傘吹向她
她寧願那是一艘三桅船
我們故事裏的棠兒的母親
她行於冰霜不壞的橋頭
看海鷗穿梭建築，夜壓奔潮
魚羣爭河缺，而眾手揮窗
誰人的歌聲那麼好聽
好聽得如一隻殷勤的青鳥
撲撲撲在白熠熠的桑林裏
棠兒的母親
倚著鐵欄干，呢喃呢喃的
呼喚著什麼呢？

快快睡，別憂傷
他已有了緞綁的床
棠兒有了白馬的行程

快快睡，別驚醒
松濤看護著妻子
青鳥殷勤著母親
聽：
山根好一片雨
澗底飛百重雲

一九六七年年底於加州小鎮梭朗那海灘

第四輯　醒之邊緣

（一九六八—七一）

給浩海歸岸（Jorge Guillén）的信

一

今夜——
海雷動
奔蹄
水不越
界
鋒緣切入
天空的呼息裏
醒來
極靜的天際

如剪閉合
團團的黑暗
破裂爲葉
漂浮在
寂
戰顫的臂灣裏

二

醒來：
新的記憶已製造
水閘開
向海
　為更多的界

三

浩海　歸岸

Jorge 這是你的名字
但這有關係嗎？
花 羽 雲
黑暗是聲響
歌唱的
晶石
是白日
遙遠的岩燼
哺養……
雲 羽 花
這些都是你的名字
什麼都沒有關係
海雷動
向岸
而白日破開——

一九六八年九月廿五日寄

【附記】

Jorge Guillén，一八九三年生。在西班牙、歐洲及美國，他的詩不僅逐漸凌駕在 Lorca 之上，對新一代的詩人影響亦愈來愈深。一九六八年他來我執教的加州大學（聖地牙哥分校）小住，我和他因所好相同，話頗投機，曾音譯其名爲「浩海・歸岸」，取意近其詩。我曾譯其詩數首，發表於「文學」雙月刊第一號（民國六十年一月十五日）。本信原係用英文寫，是實實在在寄出的信，信札詩以他的風格爲風格，但一面又固守我自己的聲音。

醒之邊緣

——for Roger Reynolds, composer of the Thresholds

一

鈸鍊戛戛
停住
又開始
停住。
洗碼頭工人的談論
沒入霧裏
熱烈的爭執
爆發
又沒入霧裏。

衣物拂動天藍的水
天邊的郵輪
緩緩的
激起
晶明的散落
方的窗
打開
方的窗
打開
方的窗
打開
方的窗
張開的手掌
飛揚
張開的手掌
飛揚

張開的手掌
飛揚
青靄裏
風箏一樣
成排的
停在氣流裏
那些消遙的
展翼的手掌

二

怎麼所有的汽車都死了火
所有的車門都閉塞著
滂沱的黑暗
滅去山形
滅去鋼鐵
重重的

疊疊的
骨架。
嗅著體香自慰著：
山移動
細菌的卡車傾翻
亢奮的神經掙裂
超級客機撞碎流星
支離的物體
降下
游向搖晃的屋脊
循著呼吸摸索
緩慢的舉足
手指感觸著
黑暗的邊緣
擊節的鋒音
剪出山形

河向
路轉
樹態
花姿
然後躍出黑暗的邊緣
讓微明點亮張開的手掌
懸崖下面〇·三八口徑
轟

就旋過龍舌蘭
墮入碧涼的深溪裏
兩隻麋鹿正好來喝水

三

打開了一扇門
其他的門都消失了

長廊裏
蝙蝠依聲音飛翔
「來是你語
　去是我言」
打開了一扇門
其他的門都重現了
由是
再開始
打開另一扇門……

四

嗖然鐙索
最後的一架出征的飛機
攢雲升入陽光裏
電訊無聲的交加
仰望

是漲滿的風向袋
思念
是覆蓋傷痕的頭髮
天空簡單得痴人
寂靜溢過
邊緣
隱隱是
滂沱的喚聲
自床沿的窗帘
氣流承著機身
天
藍
如練
帶
羣樹
達達的奔馳

揚塵的袍角
拂浪的袍角
敵住龐大無阻的傷害的袍角
　　　　　雲開處：
呼喊和煙火奪天而上
搶路的人頭蟻入荒蕪

五

打開另一扇門：
鋑鍊戛戛
停住
又開始
天邊的郵輪！
晶明的散落
飛揚的手掌

停在氣流裏
天空簡單得痴人
而仰望
是漲滿的風向袋
碧涼的深溪裏
兩隻麋鹿正好來喝水

一九六九年十二月卅日加大

圓花窗

推開夜：
擁擠的爭吵的星
插天的建築晃動
窗子張著：
霍霍的都是火把
星斜向外城
提鍊廠莽莽的雲煙
東邊草原上的帆
忽然如此密結
如此的白
白的

密結的
帆的
草的東邊
搖曳的光焰
熠熠的
照明
飄墜的翅翼——
坐看山頭爆放
石塊的噴泉
不知遠
　　　川流不息的
滔滔湧湧的
風砂
　　　川流不息的
滔滔湧湧的
標語

川流不息的
滔滔湧湧的
（啊，美麗的！）
炸裂的漂盪的
血肉的花……
夜推開
擁擠的爭吵的星
發散
叢叢的黑色的芬馨

一九六九年六月十日加州大馬鎮

甦醒之歌

循著遠水悠揚的雨聲
醒來
醒來，不知是灰鴿子
釘木箱一樣的
沓沓的啄食還是
破車場微明的傾倒
風被時速六七十里的匆忙
割得零零落落
零零落落
繽紛了滿天
沒想到廚房裏的炊具

和鞋子衣衫一樣
竟沉重得如雨季的雲
就棄炊具和自來水管
解盡一身的牽掛
攀著紛紛的頭髮
到河上。汲水。沏茶
螺旋的四壁
縈繞著
什麼時候的疎疎的救火車的鐘鳴
(河水那麼清澈涼快!)
造船廠的新船早已辭廢鐵開行
(河水泛著茶的花香!)
育苗場移植過大批的雛菊
暗滿了所有布質的衣角
雖然颪被時速六七十里的匆忙
割得零零落落

必須到澄碧的河上
汲發散菊香的水
讓頭髮，菊香的頭髮
鋪滿了河面
一如現在鋪滿了沒有牽掛的裸體
去去，揚裙一樣的走向
那一望無垠的
隱約在煙霧裏
扶持著河水的天窗……
天窗的邊上
就那樣日以繼夜的
守著那黑色的河流
好多的好多的
大朵的大朵的白花
漂啊漂啊

在那一望無垠的天窗以外
谷口的沙灘上
一隻海鷗輕快的
斜斜的衝下啣接著
飼鷗人拋入空中的
隔世的魚

　　　　醒來
循著遠水悠揚的雨聲

一九六九年六月廿五日加州樂海涯鎮

嫦娥

嫦娥應悔偷靈藥
碧海靑天夜夜心
——李商隱

坐在靑熒的弧形的檻上
才知道千年萬年的黑色有多沉重
才知道千年萬年的睡眠有多沉重
無法腐毁的太空船
熠熠的成爲獨一的星辰
也懶得把它拉到身邊來
因爲美的是
瀠渟在腦際的急促的腳步

和那飛揚的路標
白色的魚類那樣
穿梭著歌唱的天空
去，去那招手的搖籃
（灰沉沉的月千年萬年的遠了）
去，去看熱鬧的腐毀
（黃衣、青帶、氧氣筒點亮著黑色）

緩緩的爬著千轉的闌干，好大的格子，好小的洞孔，爬著，她的肌膚透紅的逐漸的透紅，琉璃的腰肢逐漸沾了天青。然後天波開拆，她持著盛放著花的樹降下，不漂浮的降下是多麼的美好！花樹降下：青靄把千年萬年的黑色封合起來，好比微明自記憶裏馳來的默默的車輛。花樹降下：雲山或海霞的旋流彷彿是輕輕發聲的色澤。聲音，啊，是多麼雀躍的濺射！這才覺得心中有鳥，才覺得漠大的旋流後面有葉脈在舒伸，或許，一個男子會摘下一莖花枝，接種在我的體內，給我鬱結的根，結結實實的抓著泥土的芳香，我不怕匆促隔窗把我驚醒，何況醒就是飛揚！花樹降下：峯巒河沼和她同時撥開淋浴的香霧互示彼此的曲線——久違了，玲瓏的陽光！和鈍齒輪的手指！歸臥白雲？青熒的弧形的檻外，看那淼漫連綿、純黑的廣寧？才覺得血脈裏有喧赫的船隻，才知道滂沱的瀑聲是沿岸張開嘴巴的呼喊，那麥隴的波濤是無垠的揮手。持著花樹降下，讓那溢滿市聲的簌簌的風吹去那千年萬年的堆積得厚重如睡眠的空虛……

「捆起這天降的邪門！」
「羞她的甘自暴露！」
「切她的肉！」
「碎她的骨！」
「焚她的思念！」
「和那一樣的邪門的盛開著花的樹
　我們不要盛開著花的樹——
　拋入化學池去腐化……。」

那麼美好的千年萬年的黑色。
那麼美好的千年萬年的睡眠。

那麼美好的千年萬年的漂浮。

一九六九年七月十一日加大穆爾院

漫漫的童話

一下子明亮的水上
有水車的星
對四月的太陽歌唱
五朵八朵的木耳
在白色的手上張著
聽鳥在青色的雨裏
替妹妹做新衣
那麼多樣的針線
我從來沒有見過
　山對我來說
是一本天大的書

猫狗是灰黃的字
追著追著
逃著逃著
把綠色的風景
草書一樣的剪裁
弟弟穿起了不方不圓的雲花
跟著放學後的叫聲
很快就到了河口
如此這般的
你拉我拉的把眼睛裏的黑
放到水上去漱洗
（午後，牛頭馬面也一樣
在水邊
等著牠們醒來以前的影子）
看不見這些東西的哥哥
一個人不說什麼話的坐著

等著無盡的天變色
（天是什麼顏色他從來不知道
他不知道灰色曾經美過
他不知道灰色也是顏色
他不知道顏色有邊緣
他不知道邊緣是什麼
他只知道天是沉重
沉重是不是一種顏色呢？）
弟弟把雲花放船
然後搬了許多石頭
硬要把它們打沉
好讓濺射把許多髒話
和爸媽老師的怒視
濺射爲一種快樂
然後就輕輕的爬入
哥哥的聽道裏小睡

嘰嘰呀呀
好遠好遠
妹妹踏著水車
一桶桶的星
越過耳葉和鼓膜
傾倒在漠漠的天裏
玎玲玎玲的
驚起了一羣紅玉的火鶴
自漫白漫綠的菖蒲

一九六九年七月十八日樂海涯

跳影子的遊戲

——給蓁，Iris及Barbara

鋒寒的冬天：陽光透明得可以砸碎，每一片草葉都像是反影，霜白剛剛溶化，這是微濕空朗的南加州的冬天的早晨。

三個七、八歲的女孩子，穿戴著母親藏在閣樓好一些時日的紗衣，淺蘋果綠和淺紫石英的色澤如指揮棒引帶著鴿鴿的飛翔，在泥黃的建物之間——

杜鵑花說：跟著我爸爸走吧，我們來玩跳影子的遊戲。燕子花就揚著紗衣踏過杜鵑花旋舞的影子，金雀花就唱

The cow jumped over the moon…
The dish ran away with the spoon.（註）

那時一串黑鳥飛越皎然的山嶺。

跟著，杜鵑花也躍過燕子花的紗衣飀拂的影子，金雀花就唱：

Jack be nimble
Jack be quick
Jack jump over the candlestick

然後杜鵑花說：金雀花，輪到妳跳過我爸爸的影子了。但杜鵑花的爸爸行走如風，雙手捧著一個碩大無朋的鼎，金雀花說：影子太快太大了我跳不過。燕子花就唱：

Jack fell down and broke his crown
And Jill came tumbling after

燕子花對著長長的橫臥著的建物的影子遲遲不前，杜鵑花和金雀花都停止了旋舞，紗衣在陽光裏靜了下來，杜鵑花就唱：

Here we go round the mulberry bush
The mulberry bush, the mulberry bush
Here we go round the mulberry bush
On a cold and frosty morning

三個女孩子就繞著建物的影子飛旋，唱著，舞著，笑著影子——

山嶺皎然，空氣明淨，草色清新，所有的車輛都在遠方……

突然：孩子們，午飯了，快回家！

對著垂天的建物的影子，她們瞿然停住，妳看看我，我看看妳，呆了一陣，就魚貫的進入了影子回家去。

一九七〇年元旦糜鹿脈

註：文內所唱都是英美小孩熟知的歌。

花園之歌

蜘蛛爬
黃梅熟
荷渠在水上獨自開著
聲音好細好細
傾聽
沒有塵埃
的傾聽之外
萬里神經萬里長——
仰首數不盡
無法極目的藿藤上
有快速泅泅的

什麼蟲類啊
繞著這細小的花園
飛舞
萬里神經萬里長
神經外面
蜘蛛爬
黃梅熟
荷渠在水上獨自開著
好細好細的聲音
傾聽之外
還有隕石
還有磁爆

一九六九年八月二日麋鹿脈

日本印象

著

燦然

月

有客至：

灰燼濺射

一朵花

在你踏著時

冥冥的

盛放

凝

凝視你瞳孔裏的
影像裏的瞳孔裏的
影像裏的
瞳孔裏
影像
的
凝視
凝。

止水。

隧道裏
　　　隆隆
游浮的臂肢
　　　杳杳
在記憶的

凝視裏
凝。
有急促的足影。
有急促的側面。

逼

雨刷子抹著
觀光客的疲憊
密密麻麻的眼睛
擠來擠去
重重圍住
京都的
空庭（註）
抹茶？也許……

抹茶，唉，竟是
行色匆匆的綠！

節

おはよございます。
どうぞ
どうもありがとうございます。
どうも失禮します。
まだ來てください。
等等。
跪著叩著
曲著彎著
如是便
弓成
飛簷裂目的窄巷裏
規矩的

老人。

漠

出站
入站
客來
客往。
何站
何客
誰寐
誰覺

註：空庭亦卽石庭，進門處竟是用瀟洒的書法寫成的淵明的「採菊東籬下」等句。抹茶卽茶道。

【後記】

我六月間經日本返國時，曾逗留兩週，摘下的印象一束，無意加工修飾，或者不應加工修飾。在日本似無寫長詩的衝動，還是因爲我是過客的緣故。

傷痕之舞

晨光把傷痕護送入雲

車到了碼頭，有人傾花落海，披衣的男子提了水壺選擇了十幾個地方終於把它放在船的側影角上。纜索自律地轉動。白紗帶著兩隻鴿子向海飛去。窗口是一些眉目不辨的臉。屋子裏的笑聲讓我們看到了倉庫上面是矮矮的一條天藍。四個壯漢把一個背面的石像放在待裝船的貨物上，各自緩緩的讓手指撫摸石像的身軀。那時直昇飛機戛戛的攪著弛滯的天氣。蹲在地上抽水煙袋的幾個老人私語著什麼的，猛然由一隻貓失魂的飛躍而遇到刺目的旋轉的門鈕的太陽……

一個女子
把黑紗除下

雙乳向太陽。
一個女子
把水
洒向雙乳。
一個男子
點亮洋臘
放在女子前面。
一個男子
圍著女子
走一個圈。
四個人圍著洋臘坐下
無言
少頃
除下衣物
圍著洋臘放成一個圈
然後手牽手跳舞離去。

一九七〇年

永樂町變奏 四首

一

開始時
是一些長得令太太心寒的甬道和濃烈的茶味的倉庫
急促的腳步一直要到
十九世紀法式漢味的古玩把她重重圍住
她才竭下
陶瓷的裂縫中
一股溫暖
如無數的手指
撫著網住她全身玉色的神經

母親啊母親
微弱的叫喚
自遠遠的河面
顫動著
雨霧中的寂寂的屋脊
馬蹄由卸貨的碼頭
一路得得的
把狹窄的一條小街踏成一支歌
孩子們從黑色的地窖傾出
追逐著
還在弄衣帶的女子們的背影
神秘的茶葉洋行
終於把不測的深度
開向稚氣的好奇的眼睛
母親啊母親
一切的風浪都給河口堵住了

我們已經停在妳軟軟的胸懷裏……
微弱的叫喚
自遠遠的河後面的
觀音山的後面的
風浪的後面的……
一路顫著
破落無人的窗戶而來
幽幽幢幢的法國式的廢堡旁邊
她倚着水門
看着滿是髒物的石竹出神
她摘下一懷紅色的石竹
在河面上浣洗
但不插
她把長髮放下
簾着廢堡和紅色的石竹
雙乳是兩隻浴後的白鴿

自髮簾裏飛出
兒子啊兒子
這就是留給你的
唯一的側面

二

九曲腸裏
矮屋擠壓着矮屋
向黑色的南
向黑色的北
破裂的門楣上
彷彿是
杜先生的詩句
暗水流花徑
春星帶草堂
暗水流着婦人每月的排泄

防洪堤上一點煙星
領著一個東傾西倒的醉漢
閃避著木板簷
狠狠的狙擊
沒想到太陽出來的時候
竟有一所牙牀畢露的幼稚園
呑吐著如此多的天眞
南也是
北也是
晾著
一百多年的
鹽與死亡
錯雜的鐵皮屑
和孩童們
那麼不在乎的
便溺……

說永恆
道永恆
城隍廟香火繁盛
白無常黑無常
依鼓樂離去
媽祖膝前
一車砍好了一半的佛像
瞪著茫茫的獨目
向
喧聲沸騰的永樂市場
永恆的是——
永恆的是——
永恆的是世代相傳的
腥羶

三

跳、跳、跳啊鹿
跳過外婆的臭腳布
跳、跳、跳啊鹿
跳到長虹落雁處
編結著不知日月的辮子的
鹿
跳著由廊柱割成的
金黃的格子
用她的舞把陽光的碎片
串一條項鍊
跳、跳、跳
跳、跳
跳

春水擊傷了所有的初生的魚
花朵在煙屑濃烈的淡水河邊呼喊
呼喊不爲人知的凄切
從國民小學舞著陽光的碎片回家的鹿冷不提防的
被瞿然突出的巨大無朋的違章建築所擊倒而跌
落在坐在幾塊剛鋸好的棺材板上的老人全神貫
注的象棋盤上
未被覺察
每天三次由迪化街繞涼州街經安西街入歸綏街到
綠燈戶的總是如此悠揚的出殯的儀仗隊的音樂
當然，那不是奏給你聽的
因爲你沒有知音的心境
那個導遊小姐操著純粹的日語滔滔不絕的說著

四

一根乾癟的瘦長的扭曲的樹枝
爬著一叢又一叢
濕瀝瀝鹽味的蒼蠅
黑色的花冠
閃動

啊，這條街眞像一個壽字
壽衣的
壽
壽器的
壽

一九七〇年三月上旬

年齡以外 四畫題

一

爆爆爆爆裂的
太陽花
對我
是何其的陌生啊！
我給了風
骨骼——
無際的
渦漩的天空
便由我

獨
自
默默的
支撐著

二

從我站著的地方到十里百里千里萬里外
焚毀的京城都是洶湧的哭聲
自白骨窒死的草木升起
聽不見——
　　奔騰的血色的蹄
從刀林中穿出以及
　　覆面的隊伍把夜色
織成犬吠和
我那無從開始的由凝望化成的眼洞

只有站　是實地
只有斜倚　是可見的姿式

三

我無睛的眶裏
曠野波動
如那失血經年的
戰爭的風暴
你不必好奇
問我在數什麼
青峯明日
你不必踢翻
那些放蕩的草葉
去找你的母親
來證明你確實存在
凝串的

凝串的
沒有色澤的刀痕
湧——復
湧——復
好一朵無聲的花

四

切開年齡
第一次看到孕育的脈絡
拋卻凡俗的衣衫
好給清池
我初生的觸覺
給晴空
我年齡以外的
純粹的裸體

一九七〇年六月廿日

界

給灼

一

孕
斑爛的風向
衝刺的
根莖
挺而
抓住了
凝
望
以及
在卽的翻騰

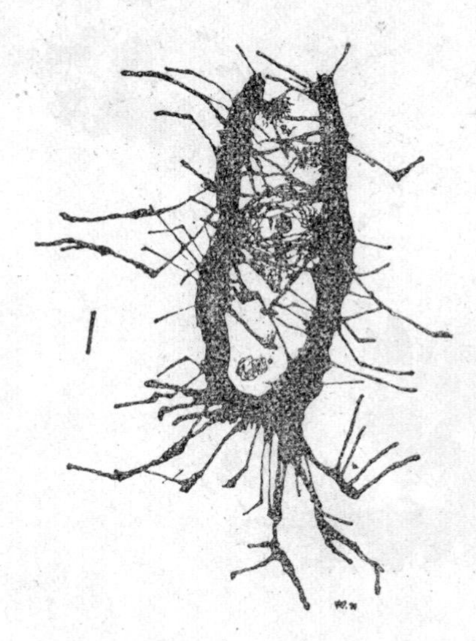

二

靜靜的
躍起
自
晶藍的
岩石
羽毛和雲
千堆萬堆
擊散
在遙遠的戰爭
腦葉裏
果子落
一個
又
一個

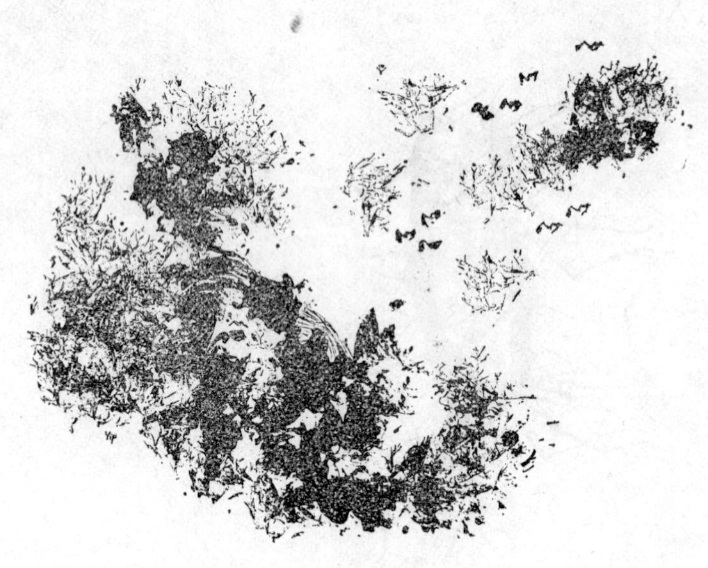

三

莽莽萬重的洶湧
我們守著
以雲岩的雙目
天際
翻飛
一些瓦屑
一些肢幹
以及
騰騰而來的
煙柱

四

汩汩的
滲出去

五

有車撞毀於無人的彎角
有渣滓傾入
泓滯已久的記憶
有孩童從白色的醫院望出去
有披髮的舞
拂著堆疊的骨架
有一束生長
在我們無知裏升起

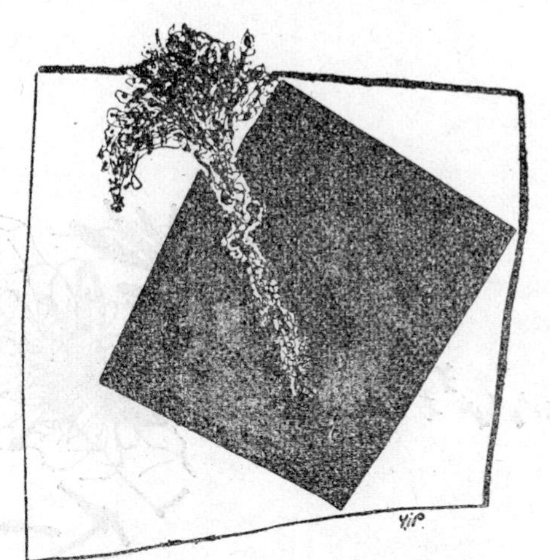

六

橫在風中
開放的花的棺木
迎接你啊
或者還有拍動
或者還有
化作無形的肌理的
飛翔

七

那些移動的形象
終於來到了
某種流溢的邊緣
俯身向
狹窄的出口
去攔住
解體以後的字母

八

把建築一一篩去以後
就剩下一些拋物線
把我們的欲望穿起
懸掛在太空裏
使我們不知道
望的是
出去
還是
入來

一九七〇年

第五輯　演出試驗作品

（一九七〇—七二）

關於演出試驗作品的幾句話

顧名思義，試驗作品旣名試驗，其異於一般的詩，異於一般表達的方式，乃意料中之事，故不應以讀一般詩之態度讀之。旣名試驗，便含有「未臻完善」之可能，故不能以求絕對之完整的態度求之。這裏所收幾篇作品裏，只能視作我所有的詩之中，對於新的美感領域摸索與試探之一環，不能視爲我的詩的中心，更不可以一概全的視爲我的詩的全部代表。

這裏的作品或曾實實在在的演出過或計劃演出的，大部分都考慮過與作曲家、畫家、舞蹈者合作時之相互的關係，所以在詩思的演進上、形式的排列上及朗讀上音色音質音量的變化，都有異於常詩的地方，如作品「放」裏面的單字、片語、句子（據當時演出時李泰祥和許博允的指揮）是曾以平讀、唱腔、重複、誇張、疊音等方式朗讀，穿織於音樂與舞蹈之間，又「龍舞」的字句如「斑——爛——一——瀉」等，是根據平劇中的唱腔緩緩一字一字唱出，而在該聲音進行的同時，另二個聲音同時穿梭唱出，利用了複疊、應和、變化。同樣，「演變」一詩，在美國演出時，是由現場朗讀和錄音自上放下及自地下湧出的方式同時穿梭著音樂發音。字、句的空間的列排布置，一半是起於其空間對位的玩味，一半是受平劇上唱腔的影響，平劇中有時一句很平常的句子要唱上半分鐘，在每一個字上加以音色感情的變化及強調，使聽眾隨著其起伏延伸緩速來領受，詩句既沒有音符記譜本來就要依靠讀者的內在的模擬演出，我作了空間的布置，可以說是一種文字暗示性的譜式，略對律動作一種提示而已。現代舞蹈家黃忠良及陳學同曾按照上述的詩的文字譜式作過舞蹈的範式，這種譜式似乎還可行。至於演出的成功性，還待各人的鼎力合作。「放」在當時演出時還差強人意，（音樂部分有唱片，由環宇發行，附在我的「醒之邊緣」集中），「演變」由陳綠綺作樂，演出時亦未近理想，但「演變」一詩的文字對位及題旨簡單而強烈，可以用四聲合讀，不依賴音樂而自成一種音樂的玩味，我曾利用教學的機會作過多次小型性的演出，還頗合我的心意。「龍舞」的音樂是李泰祥做的，原計畫是由黃忠良編舞，原則上他已計劃好，亦曾分節作非正式的試演過，因大家時空的不合，目前還未演出。另外我還有一組詩「界」，其英文版本曾在美國演出過，作曲者 Joe Julien，幻燈片由我策劃，另有舞蹈、電影片斷同時演出。但該組詩的初意並未計劃演出的，該組詩在幼獅上發表時是詩畫同時登出的，所以在此不再重刊。

在這些試驗作品之前，還有不少卽興演出的作品，（這裏只選二首）那些作品既是卽興，便只求把握住某一瞬間強烈的詩素，用實在戲劇動作表出，是近乎 happening 的一種半計劃性的作品，用嚴格的分類來說，它們甚至不可稱之爲詩，但由於質素近乎詩，便暫列入本詩集中，所以稱之爲試驗作品。

至於「最後的微明」之被列入本組中較爲欠妥。該詩在最初的構思上是與演出有關的，除了頭數行之外，可以說是演出或電影的腳本，許博允曾考慮演出，莊靈曾考慮拍成實驗電影，皆因技術上及場地上的困難作罷。實際上，我當時的一些詩（俱收入「醒之邊緣」）是寫給作曲家、電影製作者、畫家、編舞的，是與其他藝術家的互通心聲，希求共同進入一種藝術語言之間（語言與舞姿之間、語言與音、色之間）的一種表達的語言，是故有些詩，包括我本集第一輯風格已大大改變後的詩，特別爲作曲家、舞蹈家所喜愛，其間是因爲詩作的動向近乎他們運思的過程。如本集中的「風景」，李泰祥曾譜曲，黃忠良另外在一場「夢的儀式」的音樂會朗讀舞出。（與李泰祥的詮釋是不同的。）

以上的說明，只想給讀者提供一些角度而已，並無特別推重這種詩作之意。至於詩人爲什麼要這樣做，我在「放」的前言有說明（見「出發時要說的」），在此不另複述。但我以爲我當時所說的：各媒體雖獨具所長，但也有表現上的限制，其獨自的表達不能將全部經驗托出，必待媒體交融始可以把我們經驗中聲、色、意、觸覺等面同時達到讀者觀眾云云。這話只能說是刻劃出現代藝術家所面臨的一種文化的危機，這種危機用簡單的話來說，由於過度理性主義及知識專門化的結果，文字的實用性急速的成爲主位，所以在現代工業化影響下的現代人，其感受網受到實用性的影響而逐漸的偏狹，有時只懂得去用純知性的方式去了解事物（我不反對知性，知性是我們感知過程的一部分，但只知而不感就只能算是十分之一的人），而不能用藝術的方式去生活和感知事物。其實，媒體交融並非二十世紀的產物，在初民羣性生活中，詩本來並不獨立自立，它本來就是祭典儀式舞蹈劇中的一部分。原始的詩是一種姿勢的歌，融匯了詩、音樂和舞蹈，詩參與舞蹈儀式中完成羣體生活的一些伏魔、求神、謝神……等的屬於羣體生活的感情與行爲。詩後來才成爲獨立的表現，才成爲個人主義的東西。我總覺得，二十世紀的媒體交融的努力（現代音樂家用了詩與畫，畫家用了音樂文字和戲劇，詩人用音、色等——這是歐美近年來極力發展的新藝術，包括生活劇場，happening，到廣義的全面戲劇），實在是因爲現代生活在極度專業化中喪失了羣性的和諧而刻意追求重造這種和諧的表現，從文化發展的歷史來看，這是一場必敗之仗；但站在藝術覺識的立場來看，這種做法是需要的，它可以提醒現代人所面臨的人與人之間隔離主義的悲劇情境，同時可以喚醒人去加強重視他其他的感知本能，勿使其覆壓在文字的實用性的狹隘中。

我自己的實驗實在是從原始的和諧和現代媒體交融實驗這兩重誘惑之下去試探的。同時，我以爲現代西方的試驗用的仍是極端個人主義的語言，不易達成羣體的共享。我的實驗中有時也避免不了批判隔離主義批判個人主義（如「演變」中的人）的悲劇情調，所以在語言中仍有太多藝術經營的痕跡。這也可說明我爲什麼後來轉向原始詩歌中儀式舞蹈劇的試探（見「死亡的魔咒與讚歌」，本集第一輯）。這些作品仍在試探階段，不敢作任何肯定的承諾。

WHAT IS THE BEAUTIFUL?（即興演出的詩）

我在加州大學教詩和創作及比較文學的課，一九七〇年春天曾發起每週一次的Literary Walk（文學散步，是實實在在的散步），以下兩篇均曾由我的學生在散步途中即興演出過。

【即興的意思當然是未經排演而臨時即席演出的意思，只有導演本人事先知道什麼事會發生，參與的演出者都是毫無準備的，所以沒有固定的演員，演員就是觀眾本身，他們即席自由舒發，按照導演臨時的指示演出。導演對於這次的演出能控制的只有場地的選擇，氣氛和律動的運用。】

時間和地點：黃昏。土黃的太陽。寂寂的剪出修長的樹影和偃臥在厚厚的乾枯的落葉上的影子，顏色和光是一種奇異的紅黃的凝混。一些殘綠仍無聲的招展著。好深沈的樹林——

開始時，一隊人（觀眾），二十來個，緩緩的走著，耳語著，等到他們走近樹林時，導演說：

「這麼安靜的時刻，讓我們來演一齣戲——

這裏有一個鼓，我要一個人專門打鼓，不是繁複的敲打，只是單調不變的斷音，但速度要和常人走路的速度一樣，聲音愈響愈好。【把鼓交給觀眾一。】

然後，我要三個壯漢用肩膀抬著一個寂然不動的女性的軀體，慢慢的向光處前行，但設法用慢動作走——要比電影裏的慢鏡頭還要慢，大約每步用20—30秒鐘左右。

其次，我要一組人，四五個不等，跟著他們用同樣的慢動作走，你們可以按你們的想像和情緒來演出你們走時的姿態和方向。

現在，我要四五個人扮演瞎子，各人向四面八方摸索前行，或摸向樹身，或依此刻的感受和刺激旋動，每一步也是用慢動作，卽是說，大約每步用20—30秒鐘左右。

最後，我要六七個女孩子，（披黑衣白衣最好，但穿大蓬裙或長裙的也可以。）你們在樹幹間飛快的穿梭，手足之間，作飛翔之姿，速度要比鼓聲快兩倍以上。

在鼓聲開始時，我（導演）和另一位觀眾輪讀一首詩，詩的內容你們不必知道，你們只注意Pause（停止）這一個字，你們一聽到這一個字，無論你們當時在什麼步姿，你們都要停住，但穿飛的女孩子和鼓聲則繼續不斷，只有其他三組人停住；如果腳在空中，就停在空中，手旋向右方或身傾斜就讓它們在那裏打住。等我讀到 And begin again（再開始）的時候，你們再繼續慢步向前。因爲輪讀的關係，你們將聽到相隔長短不一的 Pause 你們都要停住。

好，現在可以開始了，直到那首詩唸完爲止。」

演出（作品本身）

註：題目取自 Kenneth Patchen 的詩，這裏只取其律動，與其內容不必有直接的關係。

附錄：What is the Beautiful，這首詩的應用和音樂裏的擊、止、收、放一樣，所以不必翻譯，但演出時一定要翻出亦無不可。全詩如下：

What is the Beautiful?

Kenneth Patchen

The narrowing line.
Walking on the burning ground.
The ledges of stone.
Owlfish wading near the horizon
Unrest in the outer districts.

Pause

And begin again.
Needles through the eye.
Bodies cracked open like nuts.
Must have a place.
Dog has a place.

Pause

And begin again.
Tents in the sultry weather.
Rifles hate holds.
Who is right?
Was Christ?
Is it wrong to love all men?

Pause

And begin again.
Contagion of murder.
But the small whip hits back.
This is my life, Caesar.
I think it is good to live.

Pause

And begin again.
Perhaps the shapes will open
Will flying fly?
Will singing have a song?
Will the shapes of evil fall?
Will the lives of men grow clean?
Will the power be for good?
Will the power of man find its sun?
Will the power of man flame as a sun?

Will the power of man turn against death?
Who is right?
Is war?

Pause

And begin again.
A narrow line.
Walking on the beautiful ground
A ledge of fire.
It would take little to be free.
That no man hate another man.
Because he is black;
Because he is yellow;
Because he is white;
Or because he is English;
Or German;

Or rich;
Or poor;
Because we are everyman.

Pause.

And begin again.
It would take little to be free.
That no man live at the expense of another.
Because no man can own what belongs to all.
Because no man can kill what all must use.
Because no man can lie when all are betrayed.
Because no man can hate when all are hated.
And begin again.
I know that the shapes will open.
Flying will fly, and singing will sing.
Because the only power of man is in good.

And all evil shall fail.
Because evil does not work.
Because the white man and the black man,
The Englishman and the German,
Are not real things.
They are only pictures of things.
Their shapes, like the shapes of the tree
And the flower, have no lives in names or signs
They are their lives and the real is in them.
And what is real shall have life always.

Pause.

I believe in the truth.
I believe that every good thought I have,
All men shall have.
I believe that what is best in me,

Shall be found in every man.
I believe that only the beautiful
Shall survive on the earth.

I believe that the perfect shape of everything
Has been prepared;
And, that we do not fit our own
Is of little consequence
Man beckons to man on this terrible road.
I believe that we are going into the darkness now;
Hundreds of years will pass before the light
Shines over the world of all men...
And I am blinded by its splendor.

Pause

And begin again.

走路的藝術（註）

〔事前先錄音，然後在一羣人穿過尤加利樹林或一些高矗而沉默的建築時暗暗放出〕「十來個沒有顯著的個性和身分的人在尤加利樹林裏的一條小路上（或者是一些高矗而沉默的建築物之間）走著，突然，一個不知來自何處的聲音使他們驚覺而停住，那聲音由遠而近，聲音嚴厲，肯定，一種機械式的嚴厲和肯定，最後在行走的人的頭上縈繞，砰然如擊」

聲音：

嘿，你們，沒有名字的人們！
停住！我說完全停住，不要移動。
你們不必追問我是誰或者我在那裏
你們只聽著——
你們用兩條腿走路，這樣用兩條腿走路已經不知多少年了吧

或者自從兩歲就開始這樣子走路了

你們一定是很懂得走路的人，經驗老到，專家。

我看見你們點頭了

你們說雖然汽車的出現已經有很長的歷史了，你們仍舊有三萬里走路的經驗？

我相信你們

如果我現在請你們示範走路的藝術，我想應該是很容易的事吧！

好了，我來問問你們，你們有沒有注意到你們怎麼樣提起你們的腳的？

那一隻先動？

左腳呢？右腳呢？

腳跟先離地面呢？腳趾先離地面呢？

走一步要多少秒鐘呢？

離地有多高呢？

兩腳形成多大的角度呢？就是說，在換步之前的角度有多大呢？

什麼？你們不知道？你們在說著玩的吧。

你們走路經年，二三十年總有了，每天都走，你們連走第一步都不知道？

我眞不願意把你們電腦化，可是你們連這麼簡單的數字都不知道，活了這一些年頭，那成什麼話！

我看你們一定也不知道呼一口氣吸一口氣費幾秒鐘；

也不知道注看一件東西的時候能够凝神多久，多久以後那件東西就會變得模糊。

也不知道一分鐘裏面眼睛眨多少次。

如果你們連這些簡單的數字都不知道，你們又怎敢說已經知道了自己，不知道你們自己，又怎麼能够知道其他呢？

甭提這些了！我們再來試走路的藝術吧。

好了，試試看，記著我剛才問的問題，

把腳從地面提起來。

是那一隻腳了？腳跟先呢？腳趾先呢？用多少秒鐘？角度多大？

對了，你們做對了。

簡單吧，是不是？

好，現在試第二步。

兩腳之間的距離注意到了沒有？

兩隻手的位置和姿態呢？

你和在你前面、後面、左面、右面的人之間的「活動空間」有多大？

這些「活動空間」和你現在的情緒、意識狀態、個性發生了什麼關係？

什麼？它們毫無意義，和你的情緒、個性不發生任何關係？

你們知不知道有些動物，雖然它們的四周有很大的空間可以活動，它們仍然喜歡你擠我擁的？

你們知不知道不同地域的人在走路的時候都保持不同的距離？

嘿，你，穿黑衣的，你嘴裏喃喃在說什麼，好像唇不附主似的？

你說你不知道這些東西因爲你不能思想，因爲如此這般的走著，看看這些尤加利樹（或高矗沈悶的建築物）使你倦然欲睡？

這眞可笑！

物象是物象，

它們無法改變你的。

是因爲你不知道什麼律動是生物自然的律動，才會改變你的。

現在試試注看你們同伴裏面的一張臉。

這張臉會對你產生什麼作用呢？

它不是你自己的臉。

它不可能做任何可以傷害你的事。

它無法伸出來，這是一個物理的事實，它無法伸出來戮害你。
它永遠不能，永遠不能。
記得這個事實，
你是你，
只有你自已才能傷害你，
什麼其他的人都不能够。
請你全神注看現在正在轉過來注看你的人的臉，
你看，這是多麼十全十美的臉，冰霜不壞，它亦不損其他的事物。
你說什麼啦？你說你認不出它是一張臉，因爲它只有一隻眼睛，一隻耳朵，半個鼻子和半個嘴吧？
你怎麼知道這不是因爲陽光的變幻使你有這個曖昧不清的形象？
我敢發誓這些是臉，因爲它們被兩條旣有信心，又是可靠的腳馱著走來走去已經二三十年了，這怎麼能够不是臉。
聽我說，你們都來做這個：
舉起你的左手，
讓它停在空中一會兒，

然後抬頭，看看空中的手，然後，
告訴我你看見了什麼。什麼？
你不知道這是誰的手？
而你肯定它不是你的手？
我剛剛才叫你把它舉起來的！
你們先不急，
我一下子就可以使你們認清，這是你自己的左手
首先，把你的右掌放在空中的手掌上面，
用你的手指摸摸看，然後，
慢慢的向下方摸去——
對了，一面移動一面摸著，感覺著，
直至摸過了手肘。

看看

你剛才認爲是屬於別人的這隻手臂是緊緊的連著，不但是連著，而且是生長自你自己的身體的。

這是你自己的手！
你看見了嗎？你看見了嗎？看……見……了……嗎。

一九七〇年四月加大穆爾院

放（混合媒體的詩）

詩：葉維廉

作曲：李泰祥、許博允

藝術設計：顧重光、凌明聲

編舞：陳學同

演出時間：六十（一九七一）年五月六日

演出地點：臺北市中山堂

一、出發時要說的……

問：你們六位作曲家、舞蹈家、畫家、詩人怎樣會突然匯在一起，共同創造一個作品的？

答：由於一種共同的需要。

問：什麼共同的需要？

答：表現上的需要。

問：音樂用的是音符，畫用的是色彩、形、線，詩用的是文字，舞用的是姿勢與動作，各具其表現的形式，爲什麼要揉合在一起。

答：正因爲各媒體雖獨具其特長，但同時也有表現上的限制，詩利用文字可以呈示的多重意義的玩味，音樂就無法做到；音樂可以控制每一個音色，使其延長、重叠、變化等等，詩就無法做到；詩雖然可以呈示意象，但它到底是一個符號，而非可觸可感的實體，畫（包括雕刻）就可以呈示可觸可感的實體；但畫就無法發聲；舞可以說是運動中的雕刻，集諸種藝術的特色於一身，但其轉折的實在性往往依賴音樂托出……當經驗（事件、行動）衝入我們的意識時，是具體的，不管是通過視覺或觸覺（有時全都要用到），它是多面性的實體，而且它同時指向許多相關並不顯現的事物，語言、音符、色線、姿勢往往都是一種符號，只能表現某一角度的經驗，無法完全代替可觸可感的實體。我們揉合各媒體，不但要發揮各媒體之所長，而且還要利用一媒體來發展及延伸另一媒體之所不能。現代藝術家中最有意義的一項嘗試，就是欲跳出其媒體的本位而成爲另一種藝術的企圖，這樣一個做法，不但使我們的美感領域擴展，而且讓我們有更新的探討經驗的手段（我們不相信單憑知識可以概括經驗的全部，許多經驗面是要通過媒體始可達致的——藝術的媒體實在是我們五官的延長。）我們六人都曾獨自的在其本位藝術裏發揮過另一種藝術的特長……

問：這顯然是很有創意的事，但六個人六個心，不見得有共同的「意」，而且甲的表現手法未必可以達成乙的「美感意識」，你們能說說你們合作的過程嗎？

答：你這問題很有意思，的確點出了我們的難題。就音樂部分來說，李泰祥及許博允兩人，由於二人風格上的殊異，曾連夜不眠的爭辯，一連撕了四次快將完成的樂譜，又無數次與葉維廉商討詩中的字、片語、句子應如何複叠、逆轉、交錯、延長而成爲音樂的肌理的問題，又與陳學同反覆爭論舞如何可以完成畫（佈置）、詩、音樂所提供的。你可以想像到，每一個藝術家都受到其他三種藝術的提示、啟發、牽制。

對的，我們並沒有（也無意）由一個共同的「意」出發，這次構成的程序大約是如此的。我們首先決定了用什麼的藝術的佈置（在這個作品裏是用了布條），先由畫家顧重光、凌明聲解釋大略的空間的佈置（但不提供其可能有的含義——更正確的說，他們只提供空間的組織，任其意義生長），此時作曲家已提供一些音及動速的約略動態，詩人回家就寫了附在本節目單後面的詩，分成四個聲音，以交響樂方式出現的，但也並不堅持他所暫定的時間的距離和重叠的方式，他把這部分工作交由作曲家和舞蹈家去處理和延展而且他把這些句子視爲一個起點，讓作曲家和舞蹈家將之完成。我們前面說過，每一個藝術家都受到新的提示、啟發、牽制，在我們共同創造的這一個階段，這個現象至爲明顯。李泰祥、許博允的原來的音樂的構想，由於文字的出現，必須作大大的調整，事實上，他們曾失眠三夜重寫了三次；由於我們的變更與調整，原來顧重光、凌明聲的佈置的構想，譬如色、光的選擇也有了改變，同樣的情形發生在舞蹈上，因其文字的一些暗示，因著氣氛的變更，陳學同也調整了他的律動。我們可以看見這次合作的另一幅度，卽是我們各人的想像的互相延展和融合。

這次合作在錄音工作上的動員、剪接，都非一般的音樂的錄音可比，因爲我們所求取的一些音，在各種藝術的牽制之下，極不易取得。大家有機會看到我們的樂譜和工作情形的照片就可以知道。

二、作品：詩部份

註：以下的幾句決不能以傳統的方式視爲待配音樂的詞，以下的單字、片語、句子或以平讀，或以唱讀或重複，或誇張，或疊音，或拉長以求其成爲音樂肌理的一部分。此詩只供起點，全詩猶待音樂與舞蹈完成，故不應斷章立義。

聲音（一）（舞者的同伴）

放——
放——啊——
一匹匹的
關閉歷年的
晨光
放
一
匹
匹
的
傷痕
撤出去
撤出去
聲音
沿著血管
入那
無形的
航行

聲音（二）（舞者——幻失的人）

是裂帛切著多天的岩石網住冰河上的是純黑的指痕自天拆裂後的傾瀉

聲音（三）（盲者、聲音自黑暗）

那震盪我
觸覺
使我腦中的
杯子惶然
發聲
是洒落的
活塞在
掘翻起的
鐵軌的
交錯嗎？

聲音（四）（觀眾）

讓我們愛
讓我們摩擦
肌膚的
純白的音樂
讓我們撫……

最後的微明

（電影或演出的脚本）

濃密無縫的黑色化不開
頑銹是銅鎖，天氣竟然
把纏足的布放到長年結冰的北方
還未放完。好在黑色無縫——

一把沒有人看顧的純白的長梯
從黑色遙遠的邊緣伸下來
向東擱擱
向西擱擱
最後擱在黑色的另一邊緣上
那時有一些滿溢出來的聲響

穀物從風鼓裏傾下
洗衣婦在江邊倒水
菊花在血管裏澎湃
但看，穿梯格的是
一片方的
一片圓的
又一片方的，兩片，三片
又一片圓的，兩片，三片
又一片（什麼形狀了？）物體無聲的競飛
但看——咦？——怎麼來的卻是
一個，兩個，三個，四個，五個，六個
穿著亞痲織品的袍裾的大夫
從長梯上一步一步走下來
抖著黑音的微顫的兩唇談論著什麼？
奇怪，怎的
又一個，再一個，三、四、五、六個

穿著亞麻織品的袍裾的大夫
從長梯的另一端一步一步走上來
割切黑容的鉗剪、鎚子、針筒琅琅奏著什麼歌？
六個六個十二個
在梯的中段排成一條不齊的白線
十二個大夫
喃喃的
琅琅的
踢著亂石
撥著崩雲
盲目的魚類
游入千堆黑裏

或許是爲了一條河流的緣故
黑色讓一個小小的缺口爆出初生的微明
才知道

裏在千年的黑冷裏的廣場上
一部汽車的機身蒸氣騰騰的橫在那裏
或是由一些冰裂開始吧
那些揮霍著黑色的歌者
如染好了的布匹捲收回來
十二個喃唱著什麼的大夫
推進到廣場
把麝利香點著
跪下
向蒸騰的機身
唉，靜寂原是一個無邊無際的銅鑼
待天體星物去撞成各自的音色
十二個喃唱著什麼的大夫
把扛來的巨大的針藥注入機身
然後敲，然後聽，然後數腦中

迭次失去的草芽，然後
把袍裾衣物和所有的儀器堆在機身旁
燃一把火
唱：

　我們赤裸由黑暗來
　我們赤裸由黑暗去
　祢從我們的手中生
　還經我們的手中死
　一隻垂天的青鳥飛來
　用牠的翅翼小心的把焚燒的機身包起
　飛向黑暗去
　另一隻翅翼順道把缺口塡好
　留下
　濃密無縫的黑色裏

一把沒有主人的純白的長梯
由黑色的邊緣伸到
黑色的另一邊緣

一九七〇年元旦

263～264

龍舞

聲音一（沈帶傷殺）

斑
爛
一
瀉
逸古的
傷痕
拂動
忽
明
忽
闇
明中
之闇
中之
明中
之闇
傷痕
洒落
如山音
沈入
愁殺的
多天
而
當
岩
層
一
抹
橫
展
負傷的
脈絡
流泉似的
侵向
天
而
待
且

聲音二（雄而冷漠）

星散
石濺
雲飛
雨斜
去天一握的
騰騰的
山
來了
滔滔的
呼喊
在
熊熊的
溶液裏
斑爛的
屍骨
散
入
不辨
冰
寒
不辨
火
熱
不辨
濃
不辨
淺
非
色
非
嗅
的
無知裏
山
騰騰
翻
滾

聲音三（幽弱）

戰鼓
鼕鼕
人頭
莽莽
浮沈
或
溢
浮沈
或
湧
日
月
起伏
蜉
蝣
起伏
交媾的
你
起伏
交媾的
我
起伏
浮沈
湧
溢
戰鼓
鼕鼕
人頭
莽莽

【後記】

這首詩是以音樂的結構方式寫宇宙中三種命運的律動，三種律動表面歧異，內在的衍生卻時而相應時而相峙。此詩是計畫要演出的，所以在佈置上與一般的詩不同。此記。

一九七二年九月

演變

聲音一
（來自上方．神祕、兇猛）

ㄍㄚ——
青天的
石塊
青天的
鋒葉
切著
層雲和空氣
掉下來
掉下來
一堆的
一疊的
在無盡頭的
無歲月的
海邊
青天的
石塊
青天的
鋒葉
在海邊

青天的鋒葉
死　獸
一疊
在海邊
無盡頭的
無歲月的
一疊

聲音二
（在沒有圓周的圓的中央的一個人）

又
煉著
煉著
又
磨著
一塊石頭
一塊石
磨煉成
螺壳
旋轉的
螺壳
旋結於
一
死亡
婚配
儀禮的
螺壳
而
聽
青天的
鋒葉
的
洶湧

聲音二（a）
（聲音二的回聲）

石
補
天
音樂
補
天
石
音樂

聲音三
（來自下方：神祕、輕飄）

風
塵
風塵
自身
升起
自身
吹
風塵
自身
漫淼
自身
直至
直至
再沒有泥土
再沒有石
只有
風塵
風
風
沒有
什麼
都
沒
有
了

一九七二年春天

死亡的魔咒和頌歌

——儀式舞蹈劇

（根據印第安的 Astec, Navajo, Cherokee, Crow, Fox, Wintu 族及非洲的 Garbon Pygmy 族等初民的信仰及情調寫成）

一

獨唱（用低聲吟唱）：在春天，當我們躺臥在聲息花的樹下，草轉綠，太陽微溫的時候，我們不是昏昏欲睡嗎？

合唱：在我們的指尖上旋轉的是風的脈絡。

獨唱：在秋天，當風吹縐沼澤，我們躺臥在茅屋下面，靜聽枯草互相磨擦的悉索的時候，我們不是昏昏欲睡嗎？

合唱：在我們的指尖上旋轉的是風的脈絡。

獨唱：在日間，微雨輕輕打著屋頂，我們躺臥著，暖著我們的足踝的時候，我們不是會昏昏入睡嗎？

合唱：在我們的指尖上旋轉的是風的脈絡。

獨唱：在夜裏，當我們躺下，凝聽遠方的松濤，我們不知道是怎樣睡著的，但我們睡著了，對嗎？

合唱：在我們的指尖上旋轉的是風的脈絡。

獨唱：在濃密的松樹間找到了空地，把營帳搭起來，風吹著我們，我們很累，我們躺下，聽著斷續的濤聲一直等到我們睡著，等我們睡著。

合唱：在我們的指尖上旋轉的是風的脈絡。

二

獨唱：天在哭泣

天
在地的盡頭
天在哭泣

合唱：天在哭泣
風的脈絡
在哭泣
在我們的指尖上旋轉的
風的脈絡
在哭泣
（反覆的在下一節的獨白中以囈語方式繼續的唱）

三

巫師獨白：聽著！我來了，我要踏過你的靈魂，我呼喊著你的名字，我把你的吐吶收藏在地下。
我來，要用黑色的岩石披覆你。我來，要用黑色的粗布披覆你，我來，要用黑色的碎片披覆你，永遠不再重現。在高地上，你的棺木行向黑色的國度，你的路緩緩的伸出，引入永久的茫茫裏。現在，你的靈魂慢慢的縮小，慢慢的變爲藍色。黑暗降臨，你的靈魂將縮小、隱滅，永遠不再重現。聽！

四、死亡祭

領唱：地的門已關閉。
大家：已關閉。
領唱：死者的精靈來去匆匆
　　　像一羣羽翼在飛揚
　　　飛揚的羽翼在夜中跳舞
大家：在夜中跳舞
領唱：飛揚的羽翼在夜中跳舞
　　　夜是一片全然的黑色

太陽泯滅
太陽是一片全然的黑色
羽翼飛揚
死葉旋翻
暴雨咆哮

大家：暴雨咆哮
領唱：他們等著他來臨
大家：等著他來臨
領唱：他說：你，來！你，去！
大家：你，來！你，去！
領唱：永劫將及於兒女
大家：及於兒女

五

男聲、女聲：你我向上方前行
你我向星河
你我走向花的小徑
一路採擷花朵

合唱：在我們的指尖上旋轉的是風的脈絡
我們運行的脈絡
花朵的脈絡
花香的脈絡
星河的花香
在我們的指尖上旋轉的是風的脈絡

男聲、女聲（與下面的合唱同時唱）
我們披戴的花朵

我們升騰的歌聲
我們行向神秘的國度
只有一天了
讓我們並肩，友人，
我們必須離開我們的花朵
我們必須離開我們的歌聲
　大地恆常
　友人！分享此刻，友人，歡暢！

合唱：在我們的指尖上旋轉的是風的脈絡
我們的行程的脈絡
花朵的脈絡
花香的脈絡
我們的肉身和歌聲的花香
在我們的指尖上旋轉的是風的脈絡
在我們的指尖上旋轉的是風的脈絡

風的脈絡，風的脈絡

風的脈絡……（直至男聲女聲唱完然後緩緩沈沒）

場

景：任何一個寬敞的空間，室內室外不區。

演出者約略三四十人不等，坐在一個大圓圈，觀眾可以和演出者參揷而坐，其他觀眾坐在外圈。

如果在室內，可以用水銀燈用不太強烈的光從高處射下，照成一個圓圈，舞者在圓內活動。如果在室外，四周可揷火把。

演出者應引導觀眾參與合唱。

音樂提示：用簫、鼓、乾樹枝卽興演出。

第一段：簫聲若隱若現，由近漸遠，從極靜的深處飄出隱約的聲音。鼓聲間有所聞。

第二段：用三四大把帶葉的乾枝搖動成聲。鼓聲間有所聞。

第三段：鼓，由遠而近，由闇至明，由緩漸急。是一點延向四方。是單音變複音直至重疊爲沈重下壓的一片聲音。

第四段：對白。無樂器。

第五段：飛揚的跳躍的簫聲。由人聲結束。二者個性獨立，儘量不要互相呼應。換言之，是競奏的方式。

舞蹈提示：即興演出。

第一段：靜止不動的橫臥的女體，偶爾翻轉，姿態緩慢而自然（如睡眠中的伸張，彎縮），律動及姿態隨簫聲、鼓聲及詩中的意象演變。

第二段：舞者讓旋風從沈默中衝出，動作霍霍有聲，但痛苦的掙扎不宜顯著。

第三段：重複「披覆」的動作，但要有變化，律動逐漸加速，「披覆」中含「收縮」的動作。心中想著一個「沈」字。

第四段：此段最細微，既是一個沈重的羅蓋，亦是即拂即飛的羽毛，既是沈黑，亦見微光。

第五段：依詩直演即可。

後記

原始的和諧是回不去的，正如要拒絕工業文明回到純樸的農村的羣性社會之不易。藝術家可以做的是試著用藝術方式使現代文明的危機湧現，希望社會工作者可以阻止過度現代化的文明諸害，在城市歸畫上要做到自然的平衡，（如綠帶問題，如文化活動中心問題，建築空間之如何支配人與人的交往的問題，如「超級市場」之非人化的惡劣趨勢及其切斷小型社會中羣性交往羣性關心的問題，如公害問題。）在社會動態上要提高藝術感性的生活環境，這包括戲院、劇場，尤其是小劇場、地方劇場的分布，畫家的展出場所，尤其是民間藝術的街頭展覽。在藝術家及詩人方面，跳出他自己的夢，參與民眾詩歌的意識形態，利用我們所提煉的技巧與語言，改進地方戲或藝術，或利用地方戲的形式及技巧，再融合現代生活的情態，創造新的戲劇形式及藝術。詩歌方面，利用原始詩歌的精簡及民間詩歌的語言，多寫藝術歌曲，宜於清唱而不落入流行歌的固定旋律，把平劇中的唱式發揮到藝術歌曲的清唱上，我們寧可要恆春一個老人隨口唱出的純樸的單音，我們不要電視歌壇上加插了千篇一律的旋律對民歌的糟蹋。這些或許才是我們應該努力的。詩人的詩並不是如此的偉大——生活的情態比任何都重要。

第六輯　愛與死之歌

——獻給
母親在天之靈
以及
她一生的憂患

更漏子

高壓電的馬達寂然
圍牆外
一株塵樹
無聲地
落著很輕很輕的白花
深夜
加工區
空得
如
風

吹入巨大的銅管裏

月
駭然湧出
驚醒
單身宿舍閣樓上的
一羣灰鴿子
滴咕
滴咕
如
水塔上
若　斷若續的
滴　漏

風景

詩：葉維廉
畫：莊喆

風景一

山
斜
是
一抹
完整
橫放著
一肢
曾是
呼之
欲
出
的
裸體
乾的
砂
乾的
丘

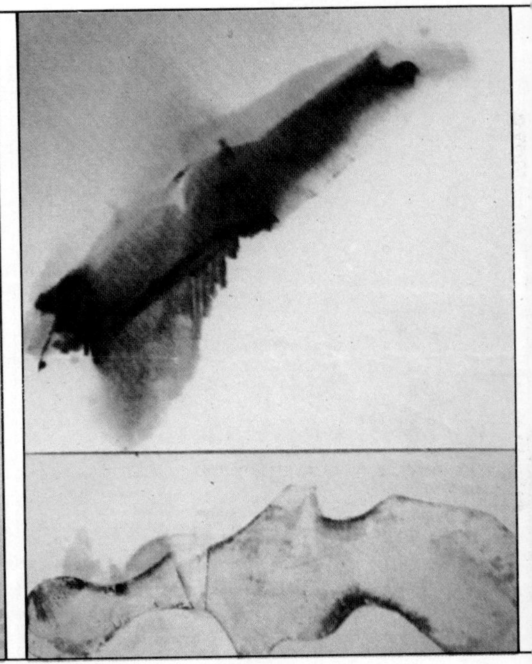

風景一

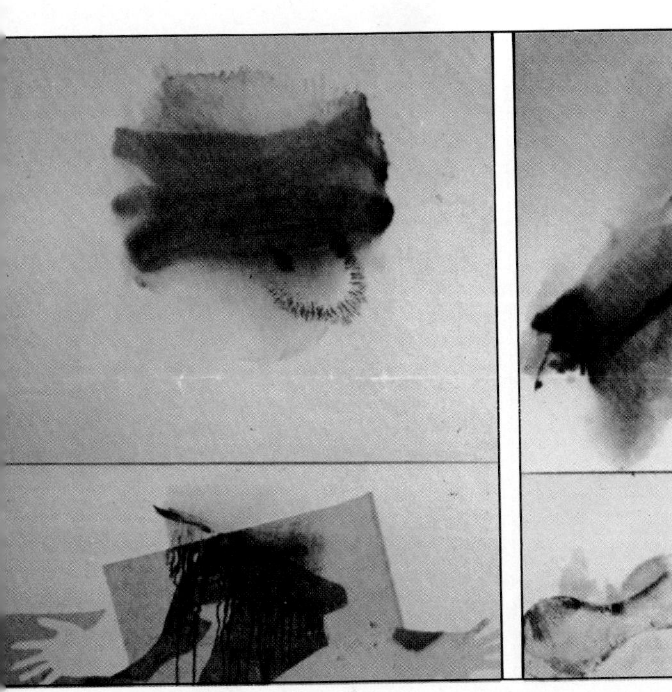

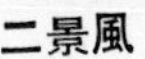

風景二

風景二

暉芒
入
荻花
紗絹
顫
動
一隻手
虛
一隻手
實
張著
半個身子
呼喚
流浪
在
遠
方
的
頭顱

風景三

青雲
濺
射
在天之一角
隱約
是
濤聲
一點微波
千里萬里
滌蕩得乾乾淨淨的
胄甲與屍骨
寒冷的日色
凝著
望入千年萬年的
清清白白的
眼眶

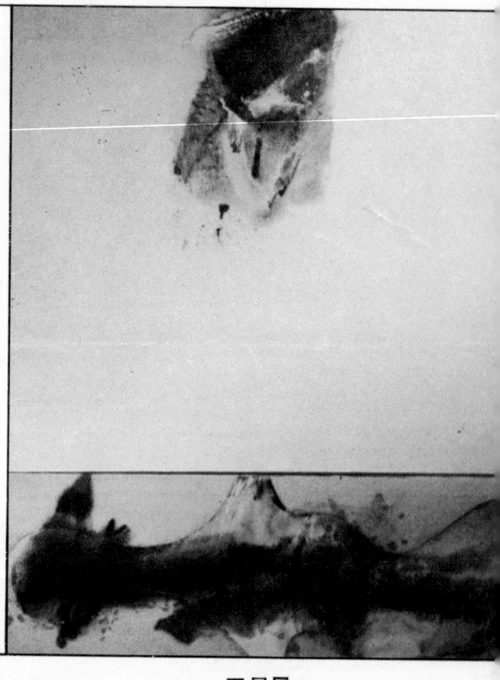

風景三

風景四

風景四

　　滂沱
好深沉的靜止！
雨
拖
雲腳……
我
背負著
黃梅雨後的
鐵銹
發青的
發黃的
黴
自我下垂的雙肩

一九七二年
六月

靜物畫

妳說
妳喜歡靜物畫
譬如
微微皺起
如春水的藍絹上
畫家安排了兩條
玉色橫陳的廊柱
其間熟睡著
一隻
柔雲的小兔子
安穩地

在幽暗裏
安穩地
睡著
很好
很美
妳說
妳說妳不要驚醒
這小小的睡眠
妳不愛看它
懼然衝擊的樣子
妳要用手上的
一朵菊花
那麼輕輕的
　撫觸
　　輕輕的
　　　撫觸

輕輕的
使它
悠悠的
醒轉
因爲
悠悠的醒轉
悠悠的勃起
它嫩嫩的頭
可以使妳
有一種說不清的
美好的騷動

一九七二年九月七日

午夜的到臨

狠狠的
　劃入
　　睡眠裏
夢
　　　醒來
兩列長長的長長的藍燈
頓然爆放
熊熊的火焰
機場伸入
　　　夢
劃開

無垠的灰色的水光
天空
閃電
抓住
夢
斜斜掠過
某些翅翼
某些翅翼
我們到了
一個
站
一個站：
熟識的一些臉
語言凝在夢的記憶裏

語言凝在姿勢與發聲之間
頭髮一扣
金絲散落
閃電
夢
入
某種到臨
永遠的到臨
永遠的開始
永遠
開始
永遠
入
另一個到臨

的
另一個開始
才兩小時：
午夜
立刻
天明

七月一日飛巴黎夜經芝加哥

一九七二年末梢寄商禽

竟然等到現在
望著兩片相同的雲
沒入西山
如果天空
頓然
　　漏乾了
那是不可能的
果子落
果子夢
果子在
裹著的

靜止中澎漲

如果生長的程序
可以目睹
　　　發生
或許就沒有怨恨
那缺乏實物的
時間
一九七一
一九七二
你生活如何了
稀薄的空氣裏
有年青的節慶的躍動

打起漸滅的
一點點
詩的衝動
從邊界的獨立灌木
飛向
入暮的
山
或許是
漏盡的天空

愛與死之歌 五首

第一首

風
星翻騰
顫抖的童子
傾聽
地層下
遙
遠
的

泉聲
而
說

是愛
是美的湧動

第二首

海
自身的
浮起
光滑的柔面上
沉黑的雲
壓下
而
歇止

在那裏
夜的腳步
已經近了

第三首

好沉重的空氣！
當母親
拂著她
糾結在
天際的
頭
髮

第四首

山嶺

引著
老鷹
老鷹
引著
山嶺
山嶺
引著
太陽
太陽
引著
我
和
妳

第五首

澄碧的海上

那些純白的是花嗎？
母親
為什麼
灰色的鳥
都停在
那木質血紅的
長條上？
為什麼妳的眼睛
凝固
在
遠
方？

二月三日南加州

【後 記】

那天陽光燦爛，在一池藍色的水邊看著女兒兒子蓁和灼學游泳，完全在我意料之外，我瞿然被上面的五首詩一下子佔領了，我前後只花了十分鐘就從腦中源源本本的抄了下來。我當時很驚訝，也很不安，很惑亂。詩來而我毫無防備是我未有過的經驗，而最令我想不到的是：第二天凌晨四時，我接到二哥子雲的越洋電話，說：母親已撒手了。

北行太平洋西北區訪友人詩記

一

迴山轉海
算不了什麼
擢輪三千里
不記得
北行的目的
穿越箭雨
聽水杉抖落
蕭蕭的雪
羊腸的公路

引我們
入山
出山
入霧
出霧
入夜
出夜
三千里的雨箭
記不起
北行的目的
迴山轉海
只道是
談天說地論人生

二

一面說

可憐啊
割了胃的維廉
一面
酒過三十六巡
繞楊牧
談詩說唐論文章
在西雅圖
冬天的松杉
默默地
以迅速的生長
突破沉重如泥的雨
一直伸入
夏天的陽光
翹望
顯赫一時的蘭尼峯
對於又名葉珊的楊牧呢

日日有山水誕生
自胸中
而病後脆弱的少聰
幽幽的
推不動那
被沉泥的雨鎖住的
開向湖光的門
一九七二年
在寒雨長天一色裏
躡著足
過浮橋
向
迷茫的雨雪

變 四節

沒

萬里的
山石
流泉似的
一線
一線的
滲入
洶湧的
黃沙裏

初惑

爺爺
啊天
公怎
的噴
滿天
的雲
烟呢？

且狂

這麼柔軟的棉花
極
目
無
痕
太好了
我們跳下去

管它是
　　　下面
　　萬仞的河壑
　千峯的冰山
跳下去……

　歌曰浩

月
滅了
惶恐的孩童的臉
急促的山靈的腳

　　　　四月六日

天興 四歌

一

突然
自沉默亮起
山
光
被疾風吹皺了

二

星光

無聲
搖動
兇猛的河流
堤
崩
便隨
白色的鳥
沉入山氣裏
啊好一個雄渾的負數！

三

月裏是山
山裏月

或山
或月
山月
月山
缺
裂
不知血
四
黃
雲
垂天
日
沒
潮急

蹄密
載不去許多
載不去許多
我們…只…待…
撒…網

五

石
破
纍纍之中
何年開始爆放
勃然
初生的
多姿？

六

冬天
石化後
所有
傾瀉的
黑
橫在太空裏
風來
雨來
洗不掉
這刼後的
沉虹

四月十三日

春睡春醒

終於被
春夜
疲倦的四點鐘
擊倒了
支持了整整一夜的
笑靨和盛裝
回到了
逸放
任白雲舒卷
它樸實無華的缺憾
許多貪婪的眼睛

塞滿了
觀光客機的小圓窗
從她夢的邊緣
掠
過
炸裂的
最後的一聲嗩吶
消失在
她窄窄的巷裏
城市
翻翻身
驕橫的
在豆漿店的磨聲與沸騰中醒來

一九七三年臺北

酒瓶樹

門外是
滂沱
酒瓶樹
隔雨
默默而
奮發地
抽出
一尺
又
一尺的

嫩綠的葉條
遠岸有
輕雷
把噩夢
擊成
拼湊不合的
風景
誰的心中
無端的
湧沸著
烟縷絲絲的
鄉愁
自酒瓶的瓶口

一九七三年夏臺北

兒歌 五首

一

昨夜我夢見自己睡在鞋子裏
緩緩的溜進滿天雪花的樹林裏
遠方有母親的哭泣
遠方有母親的哭泣

二

走過了白水橋
是青色的山

走過了赤泥嶺
是藍色的海
走過了海連天天連海的暮靄
便是綠油油的童年
飛揚在金黃的歡笑裏
海連天天連海的暮靄
我走不過
海連天天連海的暮靄
我走不出

三

風定了
姐姐啊
聆聽
岩石冷冽的聲音
姐姐啊

撫摸
天空蒼白的顏面

四

小小的樹葉
脫枝
翻飛
翻飛
暴雨如洪
誰聽見
葉底下
小小的喊聲？

五

先是一條蠻牛亂撞

然後蠻牛撞入了教堂
不料教堂建在船上
而那船啊
搖搖盪盪在髮浪上
我們不去想
我們不要想
因爲那頭髮啊
是屬於一個閉目凝神的小姑娘

一九七三年夏末

野花的故事

野花
在熊熊的炮火沉滅後
熱熱的開放
春雨把血水和仇恨
灌溉著
希望的根鬚
呼喊在廢墟破瓦中
隱約的迴響
痛苦
是犂翻的土塊
在季節風中培養

山坡上
「野花紅似火！」
歌聲
一排一排的、麥浪
湧山頭

許多年以後
鄉間的老人
在大榕樹下的石凳上
用許多藝術的形式去編述：
「炮火啊原是氣候的劇變！」
「仇恨啊原是爲了劇情的需要！」
慢條斯理的南音
把急驟的炮戰
唱得大珠小珠落玉盤的好聽
聽眾們眞好

把同情的淚
洒給敵友兩方全部陣亡的戰士
因爲他們說
死亡啊
死亡是無法更改的現實！
「炮火啊原是氣候的劇變！」
「仇恨啊原是爲了劇情的需要！」
聽眾們
隨著南音的起伏
搖盪激昂
而只有我這個不會眞戲假做的聽眾
一口氣跑到山上採了一大叢野花
抱在懷裏
如抱著滿是血傷的士兵
凝立在山頭
「野花紅似火！」

歌聲
一排排的麥浪
悠揚的湧過

一九七四年九月

簫孔裏的流泉

鳥鳥鳥鳥
一片織得密不通風的鳥聲
隨著朝霞散開

透明
便肌膚似的
延伸起來
城市渺小了
最後的一顆晨星淡滅

高山上
泉水穿入一支巨大的橫簫的體內
從簫孔裏
流出

紅木凝聽
溪石摩奏
山翠濃淺濃淺的伴著
入谷出谷
入雲出雲
谷凝聽
雲摩奏
直到
瀑布一瀉

瀉入洗衣洗菜洗肉洗化學染料洗機身車身的
一片密不通風的馬達的人聲
人人人馬達馬達人人人馬達人
響徹雲霄

一九七四年十二月二十二日臺北

曉行大馬鎭以東

秋
滅入冰霜裏
冰霜壓草
草漸
稀
沒有戞戞的輪聲的
早晨
斜向
失徑的野地
忽覺

黃葉溢滿谷
谷口
溪
橋上
空架著
荒屋
一所
含在
遠
古
的
無聲裏
疏木接天

一株
冷冷的香
冷冷
薄冰
微
裂
猶聽見
山中
山外
穿流如注的
喧嚷
戰鼓

明
滅
或許是
泉聲若
有若
無
或許是
清輝的寒
顫
我們
不要去

驚動
那試步的
麋鹿。

二月七日

一九七三年晚春客次中國人的香港

橫飛的
風雨
點點
撇撇
把
叢叢的山翠
疊疊樓房的灰色
皺成
廢棄在路旁的
春之
畫

屋頂上
成排的魚骨
逆風而立
國際機場上
風袋破裂
如女人的散髮
一個守護著護照的旅客
推不動生銹已久的
旋轉門
而
不得以出
不得以入
高矗入雲的覽天樓上
導遊指手劃腳的說
河的對岸的
樹林的後面的

夕陽溫暖中的
黑色的
巨大的
石頭的側影
就是那
詩人墨客
吟咏
又
吟咏的
望夫台了

香港素描 三首

一

佐敦道的渡輪
震著泡沫
急急的
逼入
統一碼頭
排洩著
車輛
貨物的渣滓
和

東傾西斜的
失血的臉
遺下滿地的
意淫以後的小報
一個孩童
逐一的檢著
要送去
包花生米
做代用衞生紙
或堵塞
脫落了玻璃的
煤黑色的窗戶
以敵住
風姐那
雄性的降臨

二

不要猛吹你的什麼精神價值！
說什麼精神是無形，
什麼形而上是偉大！
你看我們不是一樣的
騰躍嗎？
你看
我們手牽手
圍一個圈
飛翔在太平山上
你看我們像不像
裸身的天使
雖然我們略胖了一些？
我們飛翔
我們唱

你說形而上是神召！
我說形而上是股票！
況且形而下有好多好玩的，
你根本是個土包子，
比上帝還土！

三

維吉爾帶著那驚魂甫定的但丁指著山下暮靄沉沉中豎立的城市說：這就是你夢魂中的香港了。滿心是愛的但丁一時很迷惑，那些高矗入雲的墓石怎樣睜著這麼多的眼睛，它們爲什麼把陷在中央的蠕動的人羣團團圍住？我必須進入這深坑裏去給他們愛，給他們光，給他們解除那無路可走的鬱結……維吉爾那超然的智者的亮光一閃，也不說什麼，就領著但丁進去。

呵！呵！呵！我不入，誰入！他縱放的笑聲冷冷的切入但丁熱血騰騰的心中，一時他不明白維吉爾竟是如此冷酷。那時，坑穴中大亮，歡樂聲翻滾，那些雪白的身軀的追逐使但丁眩了目，一車又一車一鼎又一鼎的獸類的五臟熱騰騰的由幾個穿戴著極其沉重的玉石珠寶的裸女推向臨時拼搭的台前，一大羣駝了背直不起腰的人在那裏窮吃，竟也如此的開心，不開心的是但丁，他無從把在他心中醞釀了許久的偉大的訓詞向他們宣讀，讓他們知道穴外有山有水有愛……和許多發光的事物。維吉爾那時再唱著；我不入，誰入！但丁啊，但丁，我們走吧！他們有著偉大的使命，他們在完成上蒼御定的刼，刼是神聖不可侵犯的，我們走吧，山與水與愛確是永恆的嗎？不知有淚的但丁就如此第一次懂得了悲哀。

一九七三年七月過香港

未發酵的詩情

——由橫濱金澤八景到鎌倉

唐宋
好沉重的行囊啊
把雙肩削成
直瀉海天的懸崖
失去了時計的異鄉人
汗濕凝凝的衣袖
拂掃
地下鐵驛裏擠出來的黑影
營營的喧聲蜂湧如濤
網住弛滯在中天的深沉的夏日
在曾是瀟湘的

金澤八景曾經落雁的
平瀉灣
我的朋友金關壽夫說
看那雄鷹衝下污濁的湖上
啄食那躍出水面去呼吸的
畸形的魚！
或許秋月來時
夜可以神秘瀨戶
或許內川的暮雪下
金澤的米國設施
和龐然的雄性的煙突
可以溶入遙遠的唯一未被整容的山市
或許夜雨………
或許夕照………
瀟湘啊！

那份幽古的味兒的八景
怕要等詩人墨客的生花妙筆去夢去
中國來的心越禪師
隱沒在
烟霧迷濛的
臭水溝的
一個招牌上
竟也有一個來自唐宋的
傻得有點發呆的異鄉人
一個字一個字的工工整整的抄
唐宋啊！
教我如何
好沾一身空翠的鳥聲
在幽暗的鎌倉的建長寺前
游入千代萬代先祖的
草書的舞蹈裏

在登天閣的苔綠裏
望過富士的積雪
入李白的天山……
失去了時計的異鄉人
或許……
或許……

記事：一半是爲了追懷古代的幽思，才想去具有中國古都遺風的京都和近江八景的琵琶湖。那分爲洛南、洛北、洛東、洛西的京都四年前去過，看了唐宋風的廟宇和庭院，不禁令人嘆息今日中國遺棄古風的可悲，不任自然的山水揮發，而襲用西洋工整對稱的人工的剪裁（如故宮博物院！）喪盡了中國傳統的溶入自然天趣的大旨。近江路的近江八景是以我國瀟湘八景爲藍本的，我未曾涉足。宋迪的瀟湘八景已失存，但牧溪、玉澗的幽情猶在目前。瀟湘已無法重見，是否可以在近江路捕取古代的逸興呢？瀟湘和近江八景是如此取名的：

瀟湘八景

平沙落雁
遠浦歸帆
山市晴嵐
江天暮雪
洞庭秋月
瀟湘夜雨
煙寺晚鐘
漁村夕照

近江八景

堅田落雁
矢橋歸帆
粟津晴嵐
比良暮雪

石山秋月
唐崎夜雨
三井晚鐘
瀨田夕照

據說近江路模倣得很像，但在現世急遽的工業現代化中究竟還保留了多少自然的景致，實是我一部分的隱憂。這次突然爲了一些別的緣故，琵琶湖沒有去成，卻在橫濱友人金關壽夫家的金澤區，發現了以近江八景爲藍本的金澤八景。住在金澤區每天在熙攘中忙碌的人似乎都已經失去了山水的意興，恐怕沒有多少人關心這詩意的歷史的緣由。環看四面，遠水近山，尚具湖光山色味道，但附近的漁村已剝落，一清早便是潑落潑落的電漁船載著城市人出海去玩釣魚去，平瀉灣的積水已經發臭，魚泰半已畸形。附近林立的是現代的建築，包括許多工廠和車驛，掩蓋一切可能有的晚鐘的梵音。沒有人注意到繁忙的交通道上不被看見的一角有如下的一個牌子：

金澤八景名稱の由來

その昔金澤六浦の地は浦波島山のさまが千變萬化に見えて鎌倉幕府の武將セ町民の慰安の場所であつたことは史實に明らかであります。八景の名稱の付けられたのは後日中國の詩僧、心越禪師が元祿七年（西曆一六九四年）この地に來遊して釜利谷能見堂から眺めて八景を吟じたまのと云われています。

武洲金澤八景

洲崎の晴嵐
野島の夕照
瀬戸の秋月
平瀉の落雁
小永の夜雨
內川の暮雪
乙舳の歸帆

稱名の晚鐘

野島山の冲には夏島、烏帽子岩、猿島が點在してすり內川の入江セ泥龜町の內海、四石、七井、八名木、他に神社、寺院が適所に配置されていでは眞に勝景の地でありました。

琵琶湖的近江八景和瀟湘八景一樣激起了許多詩許多畫。近世有名的是今村紫紅的近江八景，和我們牧溪、玉澗的境界頗不相同。牧溪、玉澗重禪機，點到爲止，筆觸飛逸，盡得書畫同源之趣。我所見過的日人所畫的瀟湘八景和今村紫紅的近江八景，略嫌工細或受限於特殊線條的風格，未能達到一個「放」字。現牧溪、玉澗的畫都在日本，我們只能從複製品中去品嘗，只希望有一天，我們可以親身領受瀟湘八景的原身，不需要在複製品中去作懷古的遨遊。

一九七四年九月上旬

大溪老人最後的事蹟

是爲了聆聽乾涸的河灘上無盡的簌簌的竹林的後面一點點隱約可聞的淙淙的水聲嗎？

是爲了在無人的深夜裏去數那獨存的古老的街道的屋簷的雕花的往事嗎？

是爲了在鬼火躍騰的岸邊等待那身體斜撐如篙子斗笠頂著六代七代八代的洶湧的河浪而歸來的年輕的舟子嗎？

是爲了放嗖嗖的風箏入鴉色翻飛的天空給望盡天涯路的星辰傳達你行將寂滅的一絲憂傷嗎？

是爲了讓一支嗩吶逐走白日煙煤的痙攣似的熱氣依著夏夜的涼風散入熟睡以後的自然的呼吸自然的血液的運行裏嗎？

是爲了祈求滂沱的雨冲走殘餘的瀝青的凝塊把路、把田還給泥土的肥沃，把溪澗、把河流還給清澈的流動嗎？

大溪老人啊
你瘦削成
狹長的廢街
一條稀薄的黑影
在月當頭的死寂裏
斷斷續續的拍動
如折翼的蝙蝠
依著細弱的聲響
向那髏髏的波動的山頭摸索。

附：大溪老人最後的祈雨詞（復唱、叠唱）

雨
　日雨
雨祈自西來
雨祈自東來

雨祈自南來
雨祈自北來

一九七四年九月二十六日

第七輯　臺灣山村詩輯

（一九七五—八三）

臺灣農村駐足

水田

一片高
一片低
一片長
一片短的
鏡子
把火辣辣的太陽
化成
千種柔光
把竹林照得一帶翡翠

把微風
照得竟也綠了起來
把那梳著兩根辮子的小小姑娘啊
照得新娘子一樣
歡喜的紅潤
盈盈的透香
在一片高
　一片低
一片長
　一片短的
水田上

禾田

好大一片紗帳
從這邊山腳一撒
撒到初日迷濛的谷口

從東面小河的
防風林
波動到
西邊被鷄鳴和農具喚醒的
小村，是
點點列列的綠秧
依著春風的指揮棒
緩緩地
抽織著
那幾個坐在田隴上
喝著老人茶的莊稼漢
他們那望入
秋空的金黃的夢

鼓風機

隆隆的轉動

鼓風機
把春天碎餘的綠意
和穀皮塵屑
吹向下風
任金黃的瀉落
洒出滿場的歡呼
洒出金黃的路
向市街的中央

夕陽與白鷺

尺直的地平線
把景色割分爲二
下面是粗筆快墨的茫茫
上面是無邊若夢的醉紅
點點飛揚的閃光
忽上忽下的音符似的

正沉默地
演奏著夕陽
啊，久違了
比翼羣飛的白鷺！

天之水

天之水
濯我身
天之水
浣我衣
天之水
潤我高麗菜
天之水啊
蒸我鷄湯
炊我飯

把夕陽留住

爲了要把夕陽留住
在溪中洗澡的小孩子
把一手杯一手杯的水
戽向天空

金黃的稻穗
像童話裏
透明的鳥兒
在半空中拍著翼

下弦月

沒有了絕對的黑夜
這金箔便不是月亮
沒有了這金箔的月亮

便沒有了黑夜
沒有了這個孩子的凝望
便也沒有了黑夜
和金箔的月亮
絕對也好
不絕對也好

深夜的訪客

夜沉得更深了
依著桂花的香息
把小巷走完
到了土地廟
在大榕樹的側面
當井沿那些女子洗衣的笑聲
早已潮退盡去
我提起腳

偷偷的走到井邊
用最迅速的手勢
從井中
打出一桶瀝瀝閃閃的星星

一九八一年八月二十八日

燦爛的午後

一千面鏡子
還是一千面太陽?
四方形的
長方形的
哈哈鏡形的
一路亮到谷口
而被兩袖的
農舍抱住
熱騰騰的

好燦爛的午後
都是美
說沙石的清溪涼透心
是美，不如說
無人看管的水牛
放浪在水邊
愛嚼不嚼地吃草的模樣
是美，不如說
迷濛的溪口那一絲，啊
彷彿看不見的一線
獨木橋上
兩個挑著（大概是甘蔗尾吧）
回家的人影
釉的太陽

落在泥溝裏
太陽
一下子
把濃濁
釉成
陶亮一片

稻草人

是那裏來的隊伍
那麼一大清早
在晨霧裏
排立著
這麼整齊
這麼挺拔
凝定不動若有所思那樣
翹首看著冉冉上升的紅日？

浮游的蝴蝶

一萬隻青蝴蝶
擁著一朶黃花
浮游浮游
蓋了一片天
蓋了一片水

纍纍是喜

纍纍是喜
纍纍是樂
纍纍是重
纍纍也是
輕
因爲纍纍是瓜是豆是葱是筍
因爲纍纍是籮是擔是車是倉

所以纍纍是重
所以纍纍是喜是樂
是喜是樂是心輕

彩色的合奏

有青梗
有綠葉
有紅蓼
有藍天
有赤土
有白日
有黃蜻蜓
還缺什麼來著?
還有妳的一條紫絲巾

純鄉味

教我如何把
大太陽炙照下
甘蔗乾葉梗
微微散發的一種甜
凝混著泥土的香
和間歇性的
牛糞的臭
以及由黃銅的肌膚上
如珠滴下的汗
由鹽岸吹來的風扇起
錄音機錄影機那樣錄下來
告訴妳
讓妳聞到
那
那便是南臺灣最清純的味道

漁港的午後

鬧鬨是青年的
一推一擁的
隨著笑聲
和偶發的黃色故事
逐著浪潮的陽光
到了遠海
背書和遊戲是童年的
也一推一擁的
隨著無邪的玩笑
什麼阿雄和阿媚什麼的
依著街角的左轉右彎
到了村頭的教室
剩下的是
海風閒來無事逐戶的探首

把巷子吹得哨子一樣的響
吹得一個背著陽光獨坐著織網的老人
不知去理吹亂了的網好呢
還是繼續織下去好

夜國

夜
妳說
是盲
是厚得無法量度流質的牆
是把萬物形消體去的佔有
是無涯岸的疑懼與游離
夜，妳說，是沒有容貌的
震人肺腑的偉力
是垂天羅蓋的鬼魂……
不信，讓我們走入夜裏

去找夜的邊緣
和它怖人的威勢
在彷彿是凝固了的空無裏
在裂眦而不見五指的恍惚中
恍恍惚惚
惚惚恍恍
也許是流動的關係
隱約中有風的影子
恍恍惚惚
惚惚恍恍
隱約中有象
狀窗、狀屋、狀樹形
一一落在我們的身後
恍恍惚惚
惚惚恍恍
也許是聲音的關係

在微微的律動裏
恍惚有物
溪瀉在左？
山斜在右？
也許是空氣的寒冷
有霜在結裂？
有蟲在趕路？
恍恍惚惚
惚惚恍恍
也許是味道的關係
是割完的稻田在前？
是新種的蘿白在後？
恍恍惚惚
惚惚恍恍
在無涯的無裏
夜

因著人的存在
有了眼睛
有了視野
有了形體
有了國度

鹽港夕照

常常當夕陽把天空展開
像熊熊的烈火
把雲從染缸裏拉起來
晾在海平線上
像一條條滴著色水的棉線
當荷鋤的挑擔的
依著如潮的歸鳥
從熊熊的晚霞裏走回來
一步一頓的

像皮影戲那樣有節奏
當炊烟羣起
把平靜的屋頂一時弄得
無比的熱鬧
當老人喝了一杯
濃得苦澀的凍頂烏龍茶
把最後的閒話
渲染得有風有骨
引得一村的人都傾注地
圍著他在細聽
那時候
我最愛從空巷裏走到村外
去看：
鹽粒千里
燦爛著最後的一絲陽光
去聽：

在一片金黃裏
兩個瘦長的人影
騰空地
踩著龍骨車
把一田的鹽水
抽送到另一面
那悠揚清脆的音響

醒轉的聲音

黑夜包裹著的是山
山包裹著的是
濃霧，濃霧包裹著的
是沉沉的睡眠
睡眠包裹著的是
一些隱約的石牆
和偶然翻身的一條狗

和始終未眠
日夜低鳴的沙石溪
在極靜裏
在睡眠的核心裏
傾耳細聽：
是霧的呼吸？
是草的呼吸？
是不知名的小蟲在跳躍？
是蛇委行的摩擦？
是鳥啄食著沙裏的小蟲？
彷彿是洗濯的聲音：
淘米？洗菜？
彷彿是一些腳步的移動：
出谷？入谷？
啊，是清晨搶先
從睡眠的核心裏

一九八三年三月

緩緩地醒轉的聲音

暖暖礦區的夕暮

脈搏鬆弛下來的時候
初月將要從我們頭上的山腰出來了
朋友
你不必擔心這盞豆小的燈被吹滅
因爲隧道裏所有的彎角
彎角上每一塊突出的鋒利的岩塊
都已鐫刻在我們厚厚的足繭上
我來引領你
從汎著水氣的黑暗的底層
攀上一個狹長的出口
再踏入另一個巨大的黑暗裏

你說什麼？曙色？
讓我教你如何用嗅覺
去迎接那短暫的
長年發霉的滴雨的曙色
曙色？彷彿……彷彿
都是記憶裏的碎片了！
我不懂你說什麼翠堤……
除非……除非翠是黑的一種變體
曙色？春天？是多麼的遙遠啊！
朋友，趁微雨中的一線月光
看：擦著雙肩劃過的矮矮的屋簷
看：隨著脈搏的嘀嗒
倚在深沉的門框耐心等待的妻子和兒女
什麼？你說她們
她們是什麼宏大輝煌的字眼？
像什麼休止符倚在琴鍵上？

這我不懂，我只知道
悠長的黑色的湧復的氣流裏
在無法計算無從抗拒的
爆炸、塌陷、埋葬的夾縫之間
她們是我唯一的一點夢的材料
她們默默的等待
是我們全部的歷史和詩
如果詩，如你所說的，眞是什麼偉大崇高的話！
客人來了，阿春，上菜！
來來，試試我們自家醃製的乾魚和菜脯！

一九七五年二月

註：暖暖位於基隆之南，由臺北北上至八堵轉右第一站便是暖暖，爲一多雨的礦區。

布袋鎮的早晨

夜
把割裂的龐大的黑袍
急急的
從天邊收回來
抖落幾升的戰塵
讓農婦早炊的柴火燒乾淨
然後
迅速的把袍摺好
藏入穀倉的閣樓上
晨曦
揮著稻穗的金劍

把殘餘的霧擊潰
轆轆的
踏著水車的聲音
趕來
海風的大旗擁護著
勝利的陽光推進
把所有的山都推到遠方去
蘿蔔豌荳沿途熱烈的爆放
黄的白的紫的花
竹子們成排的吹著口哨
甘蔗的綠趁勢佔領田疇
小火車的鐵軌把村落串起
一條爲陽光的子民日夕鎭守的項鍊
閃爍在浮游不定的大荒
鹽田裏的鹽粒
一車一車

胸針似的燦爛著
鹽工的瞻望
至於驚夢和病
據說在昨夜的激戰時
已墮入海岬的深水裏
如此相信著的時候
一個坐在牛背上吹著橫簫的牧童
便從一幅遺忘已久的破舊的畫圖裏緩步出來
引得溪邊一個洗衣的村姑
一股兒把衣服拋下
回過頭來凝神的注聽

一九七五年二月

註：布袋位於臺灣嘉南平原的西岸，北港之南，鹽水之北。長年囊海風如袋，故名。盛產鹽及其他農作物。

上霧社入盧山看櫻花

一

在那窄窄的吊橋上
像試步的麋鹿
搖搖欲墜的
便是那微微顫紅的花瓣嗎？

二

霧，薄薄的
給山
披上紗衣

清淡的筍湯
爲我們
逐走
一日的塵累

三

靜坐入定的山
他微微的顫抖
他細細的吟唱
你可曾聽見？

一九七七年

耕雨

之一

迷濛裏
一個斗笠
隨著牛步
一起一伏的
歸來
風流不必問
盡在畫圖中

之二

滂沱！
好深沉的靜止！
一隻白鷺
劃過綠色的雨
無聲地
停在
一隻水牛的身上
任雨水
由牠的嘴尖滴下
滴滴滴
滴在那麼溫馴的牛背上……

一九七七年

剪出的山影

雨霧裏
山影
緩緩的
一層一層的
被剪出
竟是如此的輕！
竟是如此的薄！

一九七七年

古鎮湖口

一個斷了弦的琵琶
橫在
空中
讓風的手指去挑彈
讓風的手指在肚裏敲響

那坐在樓頭的女子
把頭髮一梳
便梳到
光緒皇帝的面前
那頭髮太長了

我們怎麼樣追也追不過去
也只好呆在那裏仰天看
看一隻斷了線的風箏

一九七七年

無名的農舍

奮發的夏木裏
苔綠的瓦塊間
腐蝕的木門上
夢
是暴風雨
醒
是暴風雨

一九七七年

珊珠湖詩組

一

不要去聽
那煙聲
拂著
葉簌簌
何妨
任宿雨
濕妳我的
初醒

二

爲送
那獨篙的竹筏
到對岸
晨光
把小河
自沉默中
浮起

爲讓竹筏
輕輕流入
妳我
相溶後的凝視
水烟便
向我們的左右

散開

三

水綠透明
幽江魚跳
或野花瀉露
或異禽嚶嚶
寂寂寂啊
無人知曉

四

忽然把河面
一波一波的
此起彼落的
顫響
好一片
活潑潑的蟬聲

一九七七年

通天的山路

天空
沒有說什麼
矗立的峯頂
也沒有說什麼
把聽覺扭得細細的
去凝聽
藍天裏
松針濺射雲浪
天空
沒有說什麼
矗立的峯頂

也沒有說什麼
我卻如此癡迷地
向它的內裏
挺進

*

不可回顧
那被雲
　被山
切斷的
來路
不可抗拒
天空
引領你
越星辰的飛渡

一九七八年

風雕水鐫

——太魯閣詩之一

風的大鐮刀
霍霍的
霍霍的
兩下
便把萬尺的山頭
割斷

水的大磨銼
如龍
舞弄
穿石環山

漩升廻降
好一個揷天的螺壳！
好婉轉多姿的雕花！

一九七八年

追逐

在迷濛遠古的一個春天裏
谷口出現了一隻麋鹿
是何種神靈的召示
使牠雙目閃爍，躊躇在歧路

在迷濛遠古的一個春天裏
溪邊出現了一對獵人夫婦
是何種意外的機遇
爲一隻麋鹿作經年的追逐
翻山越谷

不反顧不回頭
涉溪築棧
依循麋鹿的挑逗
旋升潛降
一若星辰的寂寞
走壁飛岩
踏遍萬千丘泉峯壑
在迷濛遠古的一個春天裏
因著一隻神異的麋鹿
因著泰耶族獵人的追逐
裏在萬峯裏的芬芳
由是如花
瓣瓣的開放
在迷濛遠古的一個春天裏……

一九七八年

武陵農場

夾道婉轉
纍纍粉紅水蜜桃
數里松聲相邀
山開溪露
樹斷成橋
涉裳水中武陵
拂袖星裏夢境
四五茅亭
清茶靜坐好逍遙
山菜野禽
沖雲長瀑月來照

一九七八年

躍 雲

層層卷卷的
雲浪
湧向岩岸
激濺
激濺
雲花
在半空中
停住
琉璃清脆的陽光
洒滿
對岸的青山

聽：
那剛出海的
竹筏
驚起一羣
浴雲的白鳥
鳴入
深遠的秋空

一九七八年

宜蘭太平山詩組

——一九七九年

蘭陽溪

疊疊的山谿
彷彿是
爭先恐後的巨靈
你從這邊推過去
我從那邊推過來
逼得那不由自主的
蘭陽溪
不得不發揮她蛟龍的威力
把山岳

往兩旁大力的扇形一撥
再猛力衝向
太平洋

山中谷中山

那一個山谷
聯著
那一個山谷？
如何去辨認？
如何去記著它的轉曲？
山疊山疊
山入雲
峯重峯重
峯出霧

昇騰

手搭著手
搭成一串
環鍊的巨靈
忽然一齊蹲下
我們如噴泉的花
衝向高深的天藍
巍峨的樹林
都弓身
呈獻她們的秀髮
白雲展開垂天之翼
從我們的腰間
舞過
如此輕的絹被
無聲地把午後的山谷蓋上

（上太平山必須坐三次纜車昇騰）

巨靈世界裏的玩具火車

蹦蹦的搖行在山的肩膀上
你可曾擔心
把天碰醒？

彷彿是浪濤的波動
山漲山退
山湧山落
多少個雲灣我們搖過
多少松杉的浪花我們衝破
我們是善於航山的神童

（登山小火車名蹦蹦）

梅意

好一株 早梅 雲 湧動著 暗香的 溫暖

第八輯　松鳥的傳說

（一九七六—八三）

松鳥的傳說三部曲

第一部　散落的鳥鳴

一

飄忽無定，萬水千山
隨著流煙的長髮
緩緩的
消失
在霜降以後的鐘鳴裏。
空氣
是沒有邊緣的黑色
霍霍然
有驚雲湧起。

遙遠的落日
在佚名的湖上
凝血。
雨樹
童年的霧般
在夢中的山谷裏
獨化。
也許還有草香
散放著
微細的音樂
也許還有清澈的溪河
沖擊著
空無的兩岸
也許還有明亮的大海
無聲地
爆著透白透藍的花。

在沉黑的鐘鳴以外
萬水千山流過後
你便是
看不見圓周的
冰原上
凝結了春心的孤松。

二

前行是雪
再前行也是雪
雪雪雪
一片揮刀不入的迷茫啊
我曝曬了太多南方太陽的翅翼
測不出寒冷的氣流
游離的方向。
白刺刺的冰晶的光裏

溫炙的時間
不明來歷的兵刃的相錯
洶湧的大河的氾濫
彷彿都沒入
不辨色澤的渾然裏。

我如何
能把記憶中的五嶽和瀟湘
配入這線路不明的地圖上？
況且，況且
我的翅翼已凝霜
逐漸的逐漸的
加重
教我如何
可以
拍動
下沉的

空氣
入
那
揮刀不入的
迷茫
追尋
那
凝結在
冰雪的時間裏的
孤松？

三

一隻凍寂的鳥
一棵凝結的松
萬壑沉寂
鳥鳴裏在冰雪的春心裏

松濤伏在記憶的果核中

四

也許會融雪

五

在冰雪與解凍之間
冬天的黑爪伸入
春天顫慄的夜裏。
夢握著醒
醒纏著夢
夢醒醒夢在
音樂有無中。
明亮的霧裏
有亭子空著。
柳芽初發

水田上
雁羣差池地
兩個人字
一個人字
一個一字地
飛廻。
遂記起
那個不懂中國詩的主人
雖是春天也找不出理由去塡一首詞
詞是什麼詩是什麼
主人反正無從分辨。
我們離合於夢與音樂之間
在冰解雪流的時候
雲層層疊在天穹。
走了
說一句：快樂些

走了
只在書上增添一個字
亭子荒廢在霧中
初發的柳枝未折
這完全不是因爲太古典。

六

因爲我確曾聽見
松子欲發芽的微響
因爲我確曾聽見
地層下
某種親切的湧動
我便跨過了許多等待
我便跨過了無盡的無
而在一刻間
甦醒

請原諒我的狂蠻啊
我猛烈的鑿掘
是爲了
解放那潛藏了萬年的
溫暖的流泉
因爲我確曾聽見
裹在層層冰雪裏
松子發芽的微響……

七

差池的凝霜的羽翼
凍寂的明淨的春心
迷茫的無垠裏
好一杯
傾之不盡
傾之不盡的花香啊

教我如何去喝飲！

八

在那神秘的
高枝上
顫震的
是什麼？

九

是如何冰化？
復如何氣化？
無邊際
無形體
冷冷的邃古的流動
便是新傳說中的銀河麼？
如何？織女

如何？牛郎
所有的鵲鳥都已滅絕
滿天浮游著散落的羽翼
你們不必等待
七月七日
什麼新傳說中的主角！

（聽眾羣情洶湧
從來沒有聽見過看不見主角
沒有舞臺沒有傳說的傳說）
但我們也沒有榕樹和時間
在我們的創造裏
你們在螢光幕外嚷什麼！
說書人很不客氣的說
然後繼續吟唱：
是如何冰化？

復如何氣化！
無邊際
無形體

冷冷的邃古的流動
便是新傳說中的銀河麼？
如是反覆著
高亢的唱……
說書人
你說說看
什麼是看不見的銀河？
什麼是沒有主角的七夕？
何曾冰化？
何曾氣化？
你說說
你說說啊！

十

一展無垠
碧藍
天
　大寂
　無人憶
細鳥
輕啼
觸
破
此際輕啼
尋不易
淡去去
千里碧藍

大寂
無語

一九七六年歲末

第二部 鳥 狂

一

春天
我又能對你怎樣呢?
你是一個季節
一個最了解我的語言的季節
挽不住啊
你一走
便是哄鬧爭吵的盛夏
在蒸騰騰的人影的密織裏

在傾倒的銅鐵玉瓦的撞擊中
那裏有
你的消息呢？
藍天
是一個無邊的鏡子
照來照去
也照不出
山查子爆放的粉白的花叢。
冰解後
是急促的流動
盲目地
向東向東
向西向西。
一場突發的大火
把記憶燒成
焰蝶

舞入灰沉沉的深谷裏。
藍天
鬱鬱的
總是照不出
我曾經駐足鳴唱的青松。
無邊的鏡灣裏
白色的浪花
寂寂的廻響著。
我努力
展翼展翼
撲撲撲啊撲向
自己的影子。

二

你存在過嗎?
你眞的存在過嗎?

我竟是如此熱切的追尋著……

三

故事已經逐漸模糊，無盡的黑暗裏有
歌聲扭動，有河流狂奔，有風起雲湧，有
霧結實如牆，有心臟以微弱的跳動支撐著
四方逼來的重量，有唇被咬破而無語……
其後便設法離去，離開他一手建立的王
國，向浮游不定的遠方……點亮那紫紅的
海螺吧，讓歌聲從螺口旋出，像胸前繁盛
的火焰……那沙塵滾滾的大路把海岸線走
完入河口逆流而上冰晶的天山。

四

鳥語不詳。你說

五

突然，衣裳沾滿了鳥聲
疏疏密密
一環復一環的
輕快
忽遠忽近的
拍著
你音樂的肌膚
「我還要睡覺！」
突然
東窗醒來
西窗醒來
南窗醒來
北窗醒來
紅霞一擊而破

陽光胸針似的
勤快而溫柔的手指
把窗玻璃抹成
一湖一湖的清水
你的夢
便卜卜的
從起伏起伏
暖暖暖暖的胸前
躍出
好一片白鴿
霍霍地
耍弄我的雙手

窗外
平林盡處
清溪微微響

當你
被東南西北四面窗子
喚醒

六

當你
音樂似的升起
成雲

七

消失了
沒有虎豹沒有飛禽
沒有岩洞
等待海浪雄性的磨洗
消失了
所有的鳴唱

沒有青松去承住
所有的語字
沒有春天去詮釋
所有的羽毛
都脫落
所有的表情
從眼壳中
流失……
你確曾存在過嗎？
你確曾存在過嗎？
藍色無邊的鏡子裏
數啊數啊
數著自己的影子
如失眠的夜裏
數著純白的綿羊

八

報載：
一羣美麗無比的鳥
忽然
飛聚在
北部某人家的烟突上
任緩緩升起的烟火
燒死
窒死

第三部　羽　祭

（獨唱）
祝福一切飛騰的生命
（合唱）

一切飛騰的生命
祝福一切的飛騰
一切的飛騰
祝福一切飛騰的翅翼
飛騰的翅翼
祝福一切拍動的羽毛
拍動的羽毛

繽彩翻揚
千噚萬仞
不舍晝夜
風雨巍峨
旋晨曦爲舞
拂萬物爲歌

祝福一切飛騰的生命
一切飛騰的生命

祝福一切的飛騰
　　　　一切的飛騰
祝福一切飛騰的翅翼
　　　　飛騰的翅翼
祝福一切拍動的羽毛
　　　　拍動的羽毛
背著春天飛躍
　　　　飛躍
提著青松浮升
　　　　浮升
衝雲浪
　　　　雲浪
入凌霄
　　　　凌霄
祝福一切飛騰的生命……

一九七七年六月

殘冬四月獨遊多倫多愁思十二韻

一

大地
默然
讓車輪
割裂無數看不見的傷痕
殺殺之聲
割著夜啊
割著我

二

街道如
黑色的
發散著藥味的
膠布

三

或許是
浸洗過太多的藥水
這一角城市的乾淨
醞釀不了夢
一個透明塑膠的圓蓋
重重壓下
據說要
把無形的牛鬼蛇神
堵住

四

才一夜
雪水的灌溉
把瘡疣的建物
催生入雲霄

五

啊昨夜
縈廻在昨夜
遠方
另一個城市的飛雁
飛越空沉沉的湖天
縈廻在
瞬目即
遙遠如古代

那無法泊岸的
昨夜

六

「夜把你和我
裹在一個小世界裏
外面是迷茫
與異客」

七

枯林盡處
聽：
第一聲
冰解後的淙淙

八

我要咀咒
你的鋼鐵
煤屑
銹污
排泄在安塔里湖的周邊

九

也許草會長入高空
淹沒
瘡疣密佈的
建物

十

也許有酒

等著醒轉
在葡萄的枝頭

十一

也許有花
搶著明天
一絲春風
盡情開放

十二

醉在酒裏
不要醉在藥水中
要醒
便醒在花的爛燦裏

一九七八年四月十二日

尼亞瓜拉瀑布

第一首

剛柔不辨
直下千噚的滂沱
彷彿是
萬里關外
嗖嗖的強弩
急劇地穿射
徹夜無間的奔蹄。
今昔何辨？
那深沉

沉入

遙遠的日月
歲月
歲歲不斷的沖擊。
茫茫四濺的煙霧裏
沒有舟楫
沒有漂流的屋頂
沒有疏落的
決絕身軀的呼喊。
騰騰的洪音
驟然把我裹住
裹在絕寂的果核裏
我聽不見
冰解後的凝塊
和歷史的碎屑
默然地炸碎在

沱滂的煙霧裏

第二首

緩緩地
指揮的雙手提起
提琴的弓
漸次向高音
挺進
鼓槌追逐
起落
突然
雙手在空中停住
弦鼓
急
收

在那環抱半圓
灰白灰藍的天邊
就如此
垂掛著兩大片沉沉的水袖
眾籟皆美
及其至而
無
悠揚的靜
顫著
顫著
雲霄

第三首

你問我：
爲什麼不投入你張開的臂彎？

你問我：
是怕那遠古的冰寒嗎？
你問我：
要不要知道那擁抱裏所深藏的宇宙的秘密？
你問我：
要不要你剛柔既合的撫觸
讓你的手指淋浴似的舒泰我綳緊的肌膚？
要要要
但我不敢
我不知道能否承住你
毫不間斷的永久的高潮？

一九七八年四月

沛然運行

一

教我如何把它顯現得完全？
一里長二里長筆洗過的泥紅
由透明的淺到褐紫的深，向
那無垠的赭色不知是沙還是石的層巖
突然的切斷而淡入空無
因風？因水？
因巨大無比的毛筆？誰的？
如此洒脫，道
無形流動，隱隱刻劃著硤谷

每一分鐘皴著
　　潑著
　　　破著
如此的細、慢，要一隻
無形的眼
才能看見

二

教我如何抓住雲的浮簷
彎身下看
教我如何結一條長線
吊放到另一塊雲土上
把第一塊雲
放得更高更高
像垂天的棉花風箏
拍動島嶼

和絕靜的狂濤

三

教我如何用針和線
把硤谷縫合

四

教我如何執著河流的一端
拂動如緞帶
把水花灑向
一千里
一萬里的
黃沙

五

道說：無爲

獨化

六

道說：

凝視凝視：凝：你終將沉入風景裏

成山化水隨風而逐雲

凝視凝視：凝：風景終將沉入你的內裏

成血化氣隨呼吸而躍騰

一九七八年四月十三日

飛越洛杉磯

一個美國人的聖誕節

這千眞萬確的
是非詩的一年
雖然數不盡的夢活生生的
湧現又湧現
你醒來總是很憂愁
因爲你記不起夢裏的情節
併不合理不攏亂片
唉，你好想找個人訴說
但是你不敢
怕人家說你瘋
竟有連夢也記不起的人

你有沒有看見西裝革履的人
把早晨的昏沉
　中午的營養
　　夜裏的慾望
全部投入線性歸劃的「記憶庫」
讓它全權去處理？
你有沒有看見梳洗平齊的人
把賽狗賽馬的資料
交給學生做成卡片
送入二元系統的電腦
主宰他們行內行外的財富？
生活何曾有如此寫意啊！
你啊，你眞傻
夢是不快樂的人做的！
現代人不需要夢
連聖誕老人也不要

孩子們都曉得如何
把希望變爲數字
然後投入他老人家的「記憶庫」
奇蹟便會活現
夫婦床第間的風波
一旦投入了他老人家的「記憶庫」
就是鋼做的蛛網
也可以一棒打散
教授們把書本撕開
送入他老人家的「記憶庫」
更多的巨著便可垂手而得
開會，宣讀論文、出版
升等、酒會、爛醉如泥
什麼是痛苦？痛苦是已經過時的人性的名詞！
書本是來自生活的嗎？
生活！生活是另一個個體！

生活是數字，在他老人家的「記憶庫」裏
層出不窮增減不竭的密碼！
只有你啊，你最傻
爲無根的夢而自作多情的憂傷！
爲拼不合的情節而落文雅的淚！
最糟的是
你竟沉不住氣
硬要一口氣跑到河邊
俯身向河面細語你的夢
竟不知道西風有耳
西風也是一個完整的錄音系統
把你心愛的夢的碎片攝入
聖誕老人的「記憶庫」裏

你問結局如何了？
不知誰走進來一按鈕

亂片的夢竟拼合成一張完整的
完全令人捧腹的漫畫
第二天上了第一版的頭條新聞！

一九七五年

夜雨懷人

想著你
在深夜的雨中
在這邊城少見的滂沱裏
遠遠近近
近近遠遠
距離在雨中變化著
牽引著我的思懷
牽引著
我
你
比肩走在松柳夾岸的江南

在水亭上
誦著唐人夜雨的詩
一句一句的翻動著
如斜飛
斷續的
雨
打在葉上
一年一年的翻動著
一葉一葉
一瞬一瞬而
突然
閃閃的晶石
顆顆
透亮在霧裏
遠而近
近而遠

一條難以辨別的單線
起伏在遠方，那
若有若
無的是
山的
微顫而
欲語
我和你走入畫圖的一角
靜靜地
眺看
一片空茫裏
那條難以辨別的單線
起伏入
更深更深的遠方，那
若有若
無的天空，大虛大寂

而全然燦麗

一九七八年歲末

兒歌二首

無憂無慮的落湯鷄

小香香
小香香
她就愛、老在雨裏轉
左啊右啊濺泥漿
她就愛、一步踏出去
大世界裏大世界裏
淋它一身雨
做一隻落湯鷄
無憂無慮

小香香
小香香
她就愛、午後偷偷偷偷
把睡眠和衣服全部拋掉
三步兩步衝出大門口
大水池裏大水池裏
踩啊踩啊踩過够
天公啊！你怎麼不彎下身來
爲我們的小香香喝采？

小香香
小香香
她就愛、全身濕它個透
天不管地不管
就怕太陽管
硬把泥漿抽乾

硬把雨兒趕走
就怕媽媽在門口叫喚
「死丫頭！」邊打邊罵
「不知死的又著了寒！」

什麼好

什麼好
無色無臭的雨最好
什麼壞
有眼有鼻的人最壞
什麼美
山川若有若無的舞最美
什麼醜
揮手動腰男柔女剛的舞最醜
什麼香
不知道，好像都在海拔三千公尺以上！

什麼臭，
還用問：東也是西也是南也是北也是
鼻端也是手也是腦也是都在空氣中浪游！

愛的行程

一、菊花和白鳥

新的生命是一個大得令人眩目的太陽，那溫熱的光抓在身上有說不出的美好，太陽的黑點是肉眼所看不見的，明明知道它們在活動我們也不要去看，生命的活力、茁長才是快樂的痕跡……

一對曾經殺害過數不清的無辜的夫婦，在一個小生命誕生的當兒，竟然也感染著太陽的美好，放窗遠看，那曾經是充滿著恐懼，曾經供他們躲藏喘息的矮樹叢，一夜之間竟然變得如此的嫩綠，而且遠方有一羣白色的鳥在翻飛，恰好隱現在葉梢，如同幾朵新的茶花在微颸中搖曳。女的說：你看這明亮的綠色多美！男的看看熟睡中的新生命和甜美安詳的微笑，心中突然一縮，他不明白爲什麼在這個幾乎像仙境的早晨會有如此突如其來的驚悸。

無名的白鳥此時迅速地向他們這邊撲飛過來，噢，好大的翅膀，他們從來沒有看過這樣大的展開，羽毛間的太陽如梳射下，像鑲滿了寶石的利劍在飛舞，溫熱中一閃一閃的寒光；但在如此華麗的顯現裏，爲什麼會有一股難以名狀的迷惘與戰慄呢？是因爲淡滅的遠山後面或將來臨的風暴嗎？是那陽光無從呑沒的陰影等待著太陽的沉落嗎？他們奇怪著怎麼會有這種旣是溫熱而又全然陌生的感覺，他們從來沒有停下來觀賞過一瓣花，如今，因著一隻無名的白鳥的臨幸而覺著親切，但又不敢去接受。那份親切，彷彿童年那樣的遙遠，看著眉睫輕動的小生命，而又覺得貼身的親近。但，爲什麼在白光的微顫裏，他們又如此的不安？

白鳥的閃光如飛輪前後竄動，把大得令人眩目的太陽顫射到房子也搖晃起來，那白鳥越轉越快，轉成一朶寒光殺殺的大菊花，向著他們開放著的窗剪射過來，夫婦兩人一驚，不約而同的用他們的全身把小生命整個地覆蓋住，才發現，白鳥只不過是一朶小小的花，始終在遠方翻飛曳動。他們互相愕然對視了半晌，也沒有說話，第二天，便決定把這溫煦的太陽，關閉在一個龐大的門窗外，然後帶著新的小生命，開始流浪到一個新的國度去。

二、河流

南方仲夏的太陽，像一隻火蜘蛛，沿著透明而毒熱的網絲爬行，也像一個轉得太快的齒輪，無從看見它的中央，它的圓周是無數火的鉗子，懲罰著行人的雙目。

但這個年輕人，走在石卵沸騰的水邊，撥著濕重如衣服的空氣，竟然可以把那火蜘蛛的太陽完全忘記；他走在河邊，走著，已經多久了？二十年總有了吧，他心中的陰影的網，比火蜘蛛的網絲還密還深，多少次，他把耳朵傾向河面，想凝聽一點點有關他自已身世的信息；他的過去，就如那清晨遠水上的霧，還沒有到中年，他竟然像走在黑森林中的但丁，迷惑而不知前路。他多希望，一隻雄獅在春天出現，把他剖開，讓兀鷹，塞外的兀鷹啄食他的心肝，然後告訴他的靈魂，他心肝的滋味，也許這樣，他可以知道那潛藏在他心中的胚芽，也許這樣，他可以感覺到他誕生時的景象。

多少次，他把一連串的疑問，逐一逐一的向河水細語，因爲，不知有誰可以解答這些有關他身世的問題。母親說：你的生命是神所賜，有生是福，若死無否；生的起因是何等繁複啊，你何必苦苦壓迫自己！他愛他的母親，不完全因爲他的生命是由她所賜，而是因爲血液裏未曾中斷的運轉，任何遽然的突變都無法切斷或更改這永久的聯繫。

但，他心中很明白，母親不曾告訴過他的身世，她一直編織著許多他至今仍然難忘的童年的故事，說他如何在穿行在林野的時候有黃鶯一路伴唱，說江水翻騰未濕他半片衣襟。這些故事，他明明知道是母親把他神化的一種編造，但他心中也知道，美化他童年也是一種偉大的愛的表現。可是，彷彿在夢裏，或是在一個醒猶未醒的明亮的清晨裏，有一朵巨大的菊花和一些白鳥寒光殺殺的戰慄閃過他的心頭，如此的陌生，又如此的親切。他不明白它們爲什麼會在他心中閃起，那菊花和白鳥是一種召喚嗎？想著的時候，總是那樣的遙遠，像層層高山後面的潮湧，乘著子夜無人的靜寂裏款款傳來。

由是，他每天到河邊，任毒蜘蛛的太陽懲罰他的肌膚，他撥著濕重如衣服的空氣，向上游緩緩走去……

三、碎鏡

他醒來的時候，竟然無法串起往事的碎片，一條河，一朵龐大的菊花，一些白羽的戰慄，似連似斷，其他剩下來的只是一些感覺，彷彿在黑帶子的大旋風裏，他搖晃著，想握著一些什麼枝幹，似乎握著，似乎握不著，他搖晃地向著某種前路行進，再想，便什麼也想不起來了。那隱隱明亮的難道只是記憶嗎？透明的藍色裏崖岸上曾經駐足的身影是誰？還有遠方的某種無形的呼喚，那呼喚又是什麼？

他在黑色裏摸索前進，才發現骨骼錯傷，痛苦如夜梟的啼叫，在骨肉之間刺著他網遍全身的神經，一種寒冷，如巨大的鍋蓋重重壓下；眞奇怪，在寒顫裏，那裏來的一種熱氣充沛著他的毛孔，好像深藏在重傷脫虛的軀殼的中央，有一股微火在燃燒，使他緩緩的冷凝清醒，而在長長的岩層迫壓的甬道裏，發現了盡頭處一絲細細的光線，他小心翼翼地扶著那線光，小心翼翼地移向一個較大的空間。

這時，摺疊著、壓塞著的黑暗一下子如披肩散開，在四面濃黑的牆上出現了無數形狀奇突的鏡子。我應該上前去看看我墜落的傷痕嗎？上前去呢？還是不？他一時不敢決定。應該任自己浮游在這些記憶不全的片段裏，慢慢隨著那巨大的黑暗消失呢？還是讓那些創傷喚起那無法量度的過去，讓它再度猛猛的襲擊？去接受它，克服它，結束它，然後或者死去，或者……上前去呢？還是不？錯傷的骨骼的陣痛鞭刺入心的深處，他昏暈了一下，然後定住，不知不覺的走上前去。

他完全無法相信他眼睛所看見的鏡象！他的驚叫幾乎奪口而出。那，那，可是他自己的形象？半張臉，一隻錯位的眼睛，和密密痲痲的腫脹的血根；最使他難以置信的，這半張臉完全是不可辨認的陌生，他從來沒有看見過。那，那，那必然是破碎鏡面的幻象！

他移到另一塊鏡前，揉了揉眼睛，眼前事物的輪廓井然清澈，他不曾在夢中，但他再看入第二面鏡子的時候，那是好深好深的一片鏡子，好像是一個開向原野的窗子，在那深鏡的盡頭，橫放著凌亂的一堆是什麼？是，是一條炸斷的腿，啊，那邊是只剩下三隻手指的一根手臂，又一根，又一根，後面是剖開的半截身軀，流著不盡的黑血，高高堆在稻草上的竟是怒目圓睜的幾個頭骨，他實在不能再看下去，他一手打在鏡子上，鏡子立刻破碎，把流著的黑血的原野濺散在黑暗裏。

到他看入第三個鏡子的時候，他完全沒有想到那面鏡子竟是那樣的柔和，柔和若水，雖然上面浮著一些孩童的臉，他竟不懼怕，他甚至覺得有些莫名的親切，那些稚臉上的嘴巴喃喃的在訴說什麼？他彷彿聽見，卻又聽不見，好熟識的表情，他們喃喃的在訴說什麼呢？他好想聽見他們的聲音，那游離的魂魄的聲音，要告訴他們肢解後的痛苦嗎？要告訴他日日在想望他們的母親嗎？母親，啊，他自己的母親呢？也許他們可以告訴他，有關他日夕追望以致陷入如今骨骼錯傷的他誕生的地方。他們喃喃的在訴說什麼啊！他欲大聲叫問而發現聲帶已經被破壞了，叫不出來，但叫了出來，他們便聽得見嗎？他不知道，他努力著，他滿身痛楚，不知是骨骼的傷痛，還是內心的血流，他一陣昏暈，便倒了下去。

四、睡眠

睡眠
在白日的岩層下
暗水一樣的滲流
不知晝夜

多少里
多少山巒
多少城鎮

憂傷
在歷史垂天的黑影下
無聲無形的馳行
不知南北
多少年月
多少戰爭
多少死亡
暗水
在白日的
　　　岩層下
摸索著
　　　一個

出口

五、溱洧

溱水和洧水
好熱鬧啊
男的和女的
交換著蘭花
交換著菊花
笑聲
溢滿著溱洧
女的說：「我們携手去看吧。」
男的說：「我已經去過了。」
「再去吧，洧水岸頭
有無邊的喜樂。
新的男的，新的女的
千里來相會

交換著蘭菊
相贈著香草、芍藥。」

溱水和洧水
好清洌啊
男的和女的
交換著歌聲
交換著舞蹈
喜慶
流滿了溱洧
女的說：「我們携手去看吧。」
男的說：「我已經去過了。」
「再去吧，溱水外面
有數不盡的戲謔。
新的男的，新的女的
久別重相約

交換著蘭菊，
相贈著香草、芍藥。」

一九七九年元月

春暖花開的時候

——致卞之琳

一

北京城，你說，天並不藍——
然後……
試說些什麼呢
馬德里、京都的天空嗎
原來也扯不上什麼關係
是昨夜的一場初雪吧
把獨存的一排
猶疑的綠葉落盡
北京城，頓然消瘦清癯

一聲輕輕的咳嗽，空濶的廣場
蕭蕭瑟瑟的
把雪的微光
抖入胡同的盡頭
最後的一線夕陽裏
城外幽幽的起自何處啊
一支尺八的嗚咽
你記得嗎
竟是大秦那樣遙遠
太行、雁蕩、天山
揮刀不入的遙遠啊
也許
也許是冰寒的阻隔
也許

二

「其實嗎，加了一件衣服
吃了敏感藥
也就不怕塞鼻的天寒了。」
北京外，長城
由秦國蜿蜒到現在
無聲地
陪伴著
風雨洗完又洗的白骨
出關入關
化有爲無
長期的寒冷
長期的戰爭
只有長城記得
只有長城知道
和那輪未安的
孤月

三

洪洪洪洪
　萬箭狂濤的呼喊
海嘯，一山一山的移動
把胡同衝破
把碑石擊倒
把春天炸碎
把歷史屍分

洪洪洪洪
　萬箭狂濤的呼喊
旗幟，一山一山的移動
把天空染透
把土地淹沒
把天眞激逐

把時間相錯
天安門外，坐著雲山的長城
寂寂地
忍受著
北方十年
二十年
不解的
冰寒

四

北京城：滿天霜雪裏
滿天飛、滿天滾、滿天號的
是密織著密織著的影子
在窗外游離漂泊
折翼的蝙蝠

撲撲撲撲
向高不可攀的
希望
「十五從軍征
八十始得歸
家中有阿誰
松柏冢纍纍
……。」
不成聲的樂府
在錯誤的朝代裏
不成聲
也是
北京城
辯證的現實
一如

虛虛、實實
自成文……那就
停駐在
空無吧
舊的「道」，新的「道」，去他的
春暖花開的時候
棉衣總是要掛起來的
到那時再說吧——

一九七九年秋

第九輯　驚馳

（一九八〇—八二）

夜抵東京本鄉六丁目

當我們的車子緩緩地停定在巷口
寂靜，古色的寂靜
頓然
如凝乳
把我們包裹著。
我該粗野不文的誇說：
　我曾驅雲逐日
　飛越黑夜
　橫天河千萬里而來嗎？
　在這裏
江戶以還困積如山銅黃的書色

正發散著濃厚的時間的香味
偶然
由東光莊默默外看的窗裏
彷彿是
川端先生誦讀著
道干禪師的詩句
一波一波的
湧著月亮和雪意裏
千鶴的微顫而來。
是 Mono no aware 漬染嗎?
孩子們在街角爭搶
烟花射出來的箭簇
竟是狂暴的梵谷畫裏
一張北齋的平柔的木刻
也許是那
曾是文質彬彬

曾經狂潮暴起的
東京大學長年的鎮守
也許是
夏目漱石過於浪漫的男女主人
美化了大學的池樹
也許是德田秋聲
筆墨的灑脫
不顯眼的三四郎池
狹小多曲的巷陌
弱而可聞地
那樣
顫著深邃的琴音
挑起你的、我的
幽幽的遠思
在 Mono no aware 裏
日本的文人想的是：

To be?
Or not to be?
美的死?
和死的美?
還是
江戶舊址以外
另一些狂暴?
另一些情愁?

一九八〇年七月二十日晨

註:本鄉是江戶時代的文化區,現在東京大學的所在地,保存了很多文化史跡。詩中的東光莊是川端康成常常停駐的小旅舍,三四郎池因夏目漱石的小說「三四郎」而著名,在東京大學園內。德田秋聲是明治時期自然主義的大家,其舊宅位於本鄉六丁目,是國家保存的文化財,內有他的書齋,藏書、什器、原稿。mono no aware 漢字是「物の哀」,但

「物之哀」不能表示日文的意思，所以用原音，是對物變所感的幽深的哀愁，源氏物語就常常被視爲「物の哀」最細的表現，川端在其接受諾貝爾獎金的文章裏特別提出。而他的小說，當然也是「物の哀」的表現。To be or not to be，是莎翁「哈姆雷特」的名句，一般譯爲（全句）：「活著呢？還是不？那是一個問題。」但這樣譯法不能概括這句話的哲學意味，所以還是保留原文。

驚馳

——夜曲六首

第一首

夜中
撥開憂傷
起來
坐在無邊的孤寂裏
想點亮
心緒裏
那一柱啊又一柱
垂直在
黑暗中

半透明的
琴弦
冷冷的顫著
彷彿告訴我啊

深霧裏
有太陽的影子
漂泊在松濤上。

冷冷的
那樣撥著憂傷的弦
在無邊的黑夜裏
像貓頭鷹那樣
用瞪大的眼睛
支撐著
全部欲陷落的天空。

第二首

電光一擊
天空
在密不透風的黑暗裏
裂碎片片。
童年
在暴雷炸響中
越過一切的變故、
憂患、傷情、愛欲
而在偌大的床上
坐起，
像那漂流在草原上的小屋
在茫茫的雨夜裏
追尋它
落魄江湖的主人。

曾經是啊
曾經是……
便也接不上去的
一首歌
如電閃偶現的山形
和霍霍地
鞭打黑夜的風勢
每一閃亮
都是抽搐
如泣如慕
讓洶洶的悲觀
毫不留情地
淹沒……。
那童年時
用之不盡的「開始再開始」
如今是

滂沱歲月
那麼的遙遠。
坐在生命的床沿
我如何去問：
我，是不是已經變為
一張另一些思索者的坐席——
另一些用不盡「開始再開始」者的
行將絕滅的坐席？
我如何去問：
那亦黏亦離的澎湃
是不是
從未存在過的
在黑夜裏營造的形影？

第三首

勁道十足

是誰？拂動
風的大旗
把星羣
一把
捲去
擲入渾密的黑色裏。
是誰？把雲門
一掌擊開
讓積鬱在霄壞裏的大水
澎然衝下
深沉的洪音裏
只見旗拂起處
褭褭的刀光
渦漩擴散地
拍打
天靈

山額
驚起
千堆絕壁
薛仁貴的大軍
樊梨花的佈陣
敵不住
天崩
地裂
一剎那
開掌
合掌
千種爭奪
萬世衰榮
都滅絕
在五行的盈缺。

你呢？我呢？
小小的圓窗裏
小小的凝望
望不斷
滂沱生命的黑穴。

第四首

深入沉沉黑夜的
睡眠
把殘餘的燥熱
和走投無路的
情緒
用它軟軟的按摩
推入
寂寂的
遺忘裏

凝凝的
好深的一片水凉！
薄薄的帷幕
拂動、閃爍
一顆孤絕的
星
欄干外
從遠海奔來的
微風　斷斷續續的
拍響
張橫在岸上的
一具淨琴
有誰在注聽？
也許我該邀你

看洒滿一天的
破布的碎雲
也許你我便
踏著它們
一若踏著
忽遠忽近
跳石似的
歷史
走出這沉沉的
　　　沉沉的
　　　　黑夜
冷冷長江水
湛湛故人情
凝　凝而復動
睡　睡而著醒
默　默而成聲

也許我可以邀你
穿雲踏夜
而躍騰

第五首

像在病的風暴裏
翻騰絞痛的嬰孩
馬鞍山
和迷濛的島嶼
隨著慢慢停定的搖籃
在海軟柔柔的墊褥上
如依偎在母親
偉大的胸懷裏
沉沉的睡著了。
星雲

生怕騷動了睡眠
把鞋子脫下
悄悄地
在床蓋上細步移行
孩子愛看的漁燈
仍然
無聲地
捉迷藏似的
忽前忽後的
顫亮。
坐在搖籃外
被疲倦擊敗了的母親
披著濕瀝瀝的黑夜
倚著
被疲倦擊敗了的父親
隱約地微笑。

關於明天——
關於吐露港以外的
翻騰絞痛
衝越界線和死亡——
關於那即將隨著太陽起來的
甦醒以及
甦醒的明天之未知——
關於……

第六首

說時遲
那時快
鳥兒們一面振翼
一波一波的
東起西落的
逐著漸去的蟲鳴顫唱

一面把夜的被角銜著
輕輕的
掀起。
曙色
兩頰暈暈的脂紅
隨著雙臂一伸
便撒網似的
染透了微微飛升的雲靄。
在靜寂的水平線上
眉睫輕動
白日
就要
帶著她的山和海
船隻和搖櫓
希望和
無法預知的風浪

起來了。

一九八〇年八月初
東歸寫於香港中文大學吐露港前

漁聽

平展的
閒寂：
水面上
雲影
點隱點現
如花瓣
無聲
落
在冥沉沉的
黑夜裏

夜靜
天空
無人
看
無人
聽
殘燈
一一
滅去
沒有線
連
沒有邊
緣
深、廣
高、厚
都一樣

無法量度
在這黑色的零裏
突然
從山的子宮裏
躍出
一點
一塊
一半
一整圓的
光輝的
月
驚起
山峯
驚起
島嶼

驚起
漁船
一片
有板有眼的
漁鼓
一些催逼
一些飛騰
好一片
橫展的
生機

一九八〇年八月廿八日夜
於吐露港前

沙田隨意十三盞

小記：客座香港中文大學，忙碌之餘，有兩種驚嘆。其一，驚異於吐露港附近景色的素樸與多樣，島嶼，海灣，漁港，農居，在這個「日有新樓」的香港，竟然能保持未鑿的天趣。其二，獨見沙田原村事物隔夜的突變消失，到了無痕跡的地步。新的塡海地上，盡是你爭我擁的插天的樓房，漁舟不晚唱，賽馬是瘋狂(在新塡地上，沙田擁有遠東最大的賭馬場)。獅子石山和望夫石或因太高了而逃過刼運，那松香氣爽的紅梅谷，現在浮游着遲滯的一氧化碳。唯一可認的舊行跡，也許是在川流不息的大路邊傲然獨立的曾大屋吧。至於往西林寺、萬佛寺的舊路，還待從頭測量。面對這兩種相反性質的驚嘆，都可以飲酒，前者，或因得見悠然；後者，或用以澆澆愁思。驚嘆之間，有時開開玩笑，如對「佛耶雙妙」隱幽的道風山，皆因時不與我，逗逗你我的餘緒而已。敬你十三盞，乾杯隨意俱可。此記。

吐露港

眞正的情話
很少是滔滔
不絕的
更不是向世界宣布
生命！自由！愛！
那種革命的情操
而是緩緩的
一絲絲
一滴滴
在溢出與
未溢出之間
有千種話語
在邊緣
爭渡

這大概是眉波泛泛
綿綿湧動的
吐露港之爲吐露港吧
所以充滿著愛
所以美

馬鞍山

我就愛看你
衝著霄裏的勁風
披著雲衣霧帶
踢著吐露的微潮
無聲的奔騰著
永久地奔騰著的樣子

落禾沙一海灣

驅著纍纍皺紋的大海而來的

風
在海角上
被老松輕輕一拉
而記起了
對，風記起了
便立刻收住狂蠻
把自己橫掛在陽光裏
晶亮，透明
空無，寂靜
怕自己一時魯莽
把年齡的痕跡
趕得太急
而皺了這初生的幼臉
驚醒了她的憩睡
而讓她的淚花
濺壞了太陽細心又細心地

釉出來的溫柔

沙田舊墟的懷念

山邊
一個小站
數排商店
陣陣衝鼻的油炸香豆腐
沿著海邊
一條筆直筆直的椰子樹的小公路
伸入泛著一葉小舟的
落日裏
簡單
純情
朋友說：你老了
也許

也許

道風山戲詩

道風山的道
是佛耶雙炒
(有辣有不辣?)
東方廟宇的雨霤
由西方聖人來鎮守
(臉是比蝸物好看多了
但總是有點兒……)
其次耶穌聖母約瑟
全穿唐人衣服
也很絕
眞是四不…
你最好修德一些

立刻給我打住
你沒有看見
這條幽深的小徑
松香霧冷
穿景入蔭
曲折多情？
讓我們走下去

有你這雅士高人提醒
我也來幾句：
結廬在人境
而無車馬喧
白雲抱……
幽石

好了好了
你粗人就粗下去吧

文人亂配
竟想淵明靈運雙炒
才有你對佛耶的不敬
你快快去悔改

註：道風山的英文名字是 Christian Institute for Buddhists
（爲佛教徒而設的基督教義院）

火炭約

火炭約
火炭約
多有趣的一個地名
帶點日本風的地名
你說：無稽。我承認
但禁不住那
烏溜溜的聯想
暖烘烘的聯想

我不要去問名字的來由
正如我不要追問
小瀝源約所給我的
淙淙的感覺
至於有人說「約」是土語「村」的意思
我也不去考證

曾大屋

曾大屋
以你剝落的身軀
驕橫地一伸
擋住爆山炸地
風雨無畏地
站在那裏
孤獨了些，是的
不要緊

驕橫與孤獨是要大勇氣的
曾大屋，我尊敬你

九龍水塘

墨綠的竹子
把藍天
微微彎成一個弧
互相映照著
一閃一閃的藍
點洗著
漣漪裏的影子
我們該走入
這幽明紆深的山徑？
還是用一塊薄石片
把沉靜打從水面上
趕起？

漁歌

尤其是在萬草凝露的早晨
從這棵孤松的樹頂望下去
總是那艘小漁船
不動一絲波浪
停泛在
接天水光的右下角
彷彿從宋期到現在
平遠處
有悠悠的一羣白鳥
戲逐著前侶飛過
來，來一杯酒
把這畫圖送下
其時突然雲開日出

一下子千嶺齊亮
船動了，槳聲，水聲
自然還有魚躍

樟樹灘

塵土微揚
急急密密的梯級
沿著赤泥坪，宛轉曲折
小心翼翼地爬下
潛入忍多花叢
繞過三兩芭蕉
再出來是一條小路
依著瀝瀝可聞的小溪
匯而復分，走向
緊抱在一起的幾間農舍
然後像細的樹根一樣

阡陌著菜畦瓜田荳棚
輕輕在風裏搖顫
抬頭是
悠然的一抹藍彎
補襯著一張田家樂
假如此中有……
話猶未完
隨著剛升起的炊煙
一個牧童騎著牛
跟著兩個荷鋤的結實的男人
從樹叢裏
宛轉的走出來了
而這時
彷彿是約定似的
鷄叫了狗吠了
一片和諧的熱鬧

在夜來臨之前

大尾篤

爲了讓幾條
安詳的漁舟
像戲弄天風的鴨子那樣
滑溜在水鏡上
八仙嶺霍然站起
把袖一拂
擋住一切北來的厲風
然後手執毛筆，蘸墨
斜斜一揮一洒
幾個島嶼
洒落在東南方
好把夜來
過猛的海風

梳溜梳溜

船灣淡水湖二首

其一：堤壩

橫在海中
淡水湖這條長堤
最適宜戴望舒詩裏
那個撐著油紙傘
丁香一樣結怨的姑娘
獨自行走。

這，太浪漫了。

然而……也許
也許你和我吧
也打一把花傘

走過去？
做一刻鐘的浪漫
快樂地
甚至僞裝一下？

其二：淡水湖的推理

堤的南面是海水
堤的北面是淡水湖
水色是完全一樣的晶藍
連驚濤裂岸
千堆雪的捲姿都完全一樣
你南看看北看看，卻問：
不知水裏的魚類草族
是不是也一樣？
你我心中明明有答案的
但你還是要問

你這一問
卻挑起我引頸望天涯
北的炊煙
南的炊煙
難道是兩樣嗎？
藍天像一塊龐大的玻璃
你的投影
我的投影
南看是左
北看是右
你叫我如何說
你叫我如何說啊

一九八一年二月五——八日
於吐露港前

雞鳴詩三帖

更新

爆炸一聲
除舊歲
在微明的大街上
一些血跡
一些碎片
沉睡的人們
聞
大型巴士隆隆的出廠

抖一抖隔夜的餘醉
起來

在這個框著城市之晨的畫架外
在遙遠的鄉間
鷄鳴
清脆的
一聲接一聲
畫架外
一條竹筏
載著去年割下的竹子
撐入晨光裏

鷄鳴

在鳥獸店裏
一隻雄鷄

引項
欲鳴
喔喔而啼不出來
氣管炎了？
許是
空氣污染的關係

牠垂著頭
看著飼水的小鏡
自照自照
而鬱鬱死去

鷄旣鳴矣

汽笛已經鳴了
天已經亮了
女子說

你該起來了
有作活等著你呢
去他的汽笛
把清夢炸碎
把纏綿割開
男子說
我不走
作活作活管他的
我要繼續夢在妳的體溫裏
汽笛又鳴了
鬧門已經打開
女子說
你該起來了
有車床等著你去磨呢

去他的汽笛
去他的鬧門
讓暖氣留在室內吧
男子說
讓暖氣流入妳我的血液裏
管他什麼車床
我要繼續夢在妳的體溫裏
汽笛又鳴了
…………
他媽的汽笛
…………

一九八一年二月十日

註：題出詩經，同一題材同一寫法的「破曉歌」在義大利稱爲alba，世界

上起碼有四十個民族有同樣題材、同樣表達的「破曉歌」，很多民族都是用「鷄鳴」，在義大利則是用「夜鶯啼叫」，也有用「黃鶯」的。

秋曲二首

芒這個草

芒
你說
必然是這草的名字
灰濛濛的
花輕如絮
拂撫
水鏡的初煙
當秋的練袖
把我挽住

在下山的小路
晨光，淺淺的絲巾
微微一撒
把你我
裹在它的懷抱裏
一隻白鷺
回首間
那麼在天邊一閃
便失去
無端地顫起片片水藍
茫茫的茫草後面
山翠明亮
一帶橫展的天空下
雲冲著更多的山翠
冲著更多微微拂動的茫草
雲山外呢？你問

可是扭曲的生命？
狂暴的呼喊？
灰濛濛的秋晨
我們消失在茫這個草的拂撫裏

在秋晨的擁抱裏

山下，啊，山外另一條宛轉的路另一個山臂環抱的幽谷裏，自沉寂中無人知覺地升起的是什麼？傾耳向風，傾耳向流動的脈膊，似遠似近，似陌生似親切的，自沉藏在兩片山扇的一個湖裏，自涼蔭的細竹的夾道升起的是什麼？兒時的一支歌？充滿著愛、理想、力量的一支歌，我多麼想擁抱它，十分鐘也好，五分鐘也好，那穿過童年，穿過戰爭、饑餓、流血、殘殺和種種情感的鬱結，恒久不變的一點點，一點點被視爲幼稚的眞純，被壓制、分割、隔離、異化的一點點簡單的情性，在一個秋晨擁抱的呵護裏，緩緩地升起，那怕是十分鐘，那怕是五分鐘，你有沒有看見，那長年逡巡在外的死亡，如今也不敢魯莽地躍動，也竟柔順地守在外面了。就讓這一點點清涼的溫暖升起，在一個秋晨的擁抱裏。

一九八〇年深秋

歌

之一

我還要告訴你：
南方的冬天樹葉也常青嗎？
我還要告訴你：
鳥不冬眠，一面鳴唱
一面揮動著鑲雲的旭日
把港灣的船隻
送向耀目高升的藍天嗎？
我還要告訴你：
冰雪不會來把匆忙掩蓋

偶起的北風擋不住
城市，海牆洶湧地
擁著節慶而飛馳
我還要告訴你嗎？
南方這個城市
天不虛，地不漠，水不寥
樹木不空，樂音不絕，街巷不寂？
那麼你為什說：空的季節空的季節呢？
是因為你走了啊，是因為你走了啊。

之二——斷訊

一個人啊
走著
走在
沉雲

風暗
浪刼天的
海峽邊沿

一九八一年一月卅一日

追尋

也許等待太久了
所有的浪遊都是一個圓
你說你知道
都要回到一個純眞的起點
在春天，林木初綠
有猛獸出現
在深夜，暗水淙淙
有燐火浮游
你東出西入而失路
期望是
一絲不易看見的線

扭得好細好細
忽隱忽現
笛音拉得好長好長
向離別經年的
遙遠的起點
牽著你
每次你說：等待太久了
便把心的窗子打開
空氣突然充滿了土地的溫柔
那幸福的一刻彷彿已經來到
鳥兒像一束束的光
噴泉似的從樹中爆散開來
你奔前去擁抱它
而急急停住
你已經準備好了嗎？
參與了這一刻的融匯

然後呢，是分離與死
你突然哲學地
說：永久的幸福是
永久的追跡，依著
痛苦的翅翼……
在湧動的春天
在清澈的河水裏
兩岸桃花的影子間
有一些逡巡，有一些召喚
襲人的春寒裏是
你熟識的清香
那麼一絲柔細的清香
牽著你
由是你又把心的窗子打開……

一九八一年二月一日香港

躊躇

樹影幢幢
像驚起的蝙蝠
飛織著羅網
黑色的空氣拍得何其猛啊
震盪著你我彳亍的腳步
搖晃在行程的半路
冷冷升起的霧雲，破絮抖抖地
流向那陰森的林木
而在那近而又若遠的角落
伺著候著
像一隻瞳孔巨大的眼睛

在那裏緩緩的轉動
你驚惶地問我：
如何，前路？
昨日浪潮濺激的梟叫
心猶墜落的危峯絕壁
和那
傷膚裂肌的風刀
又在何處蟄伏？
在這陰厲的後面
是你說的花香的山谷
是你曾指誓、死而無悔的
水樣的光華？
深沉的黑色的中央
好森嚴的一響喊聲：
「設若我的過去是你的現在
你的現在如何預設我的將來？」

幢幢的樹影裏
寂寂無聲地
蝙蝠穿織著失神的眼瞳
我們小心翼翼地
平衡著腳步在夢的邊陲
用一點點疲憊的清醒

一九八一年二月二日香港

那個叫做生命的女子

均勻地
濕瀝瀝的空氣
浸入發霉的城市
一隻白鳥
靜靜的
拍著沉重的水霧
飛向灰色的港口
青藍的草澤上
這些島嶼
浮遊在空氣裏
顫動著

遠山薄薄的
一層套入
一層薄薄的
雲影裏
那裏來的齒磨的機器聲
斷斷續續的
輾著我們的骨節
每一聲像
針那樣
挑著硬化的神經
在這個和風吹動的上午？
我整個早晨望著遠方
想著
想著那個叫做生命的女子
柔弱而敏感

堅強而達觀
砲火、地震和天演
像南方秋空多變的雲
眞是目不暇給
夢
像千山萬水那樣流過
而迷茫在霧裏
一棵孤松如何用冰冷
藏護夢的長青
和那永久地在圓外
顫動的、熾熱的
理想與愛情？
說刧說緣
便可以化解
那沉潛在內心裏
爭逐的追望？

也許就在
疑懼中揮發——
活潑潑的
像禁不住生機的春天
衝破碎片纍纍的土堆
當輪齒無情地
絲毫不放過地
輾過自然的身軀

一九八一年三月九日

臨幸

那樣來那樣去
無言地
霧
淹過疊疊的人影
把哄鬧
一一的
包裹起來
春天
悄悄地
把流亮的身體

隱約的透露
就乘與
把多藏的情思全部
傾入峽谷裏
像孩子
初次
發現鳥的騰躍和
風展無涯的翅膀飛揚
那樣奮起地前進
那樣合拍地
驚異於清泉的湧動
驚異於空氣的手指
涼快而溫暖的碰觸
忽起忽伏
那樣合拍地
拂撫着山脊山腰

好比紗巾
一卷一放
一放一卷
那樣合拍地
柔軟著
山石的巍峩
在這靜靜的
濕濕的
半透明的
霧的移動裏
一丁點微細的綠
在你不留神的時候
把枝頭上的露珠彈走
不驕不傲地
昂起芽頭來

遠方的陽光
孩子一樣的唱：
葉將蝶舞
花將蝶舞

一九八一年三月六日

下弦月

熱了一些
熟睡的女娃娃
一身都透著微紅
輕輕一翻身
安詳地躺在山的臂灣裏
一絲雲帶
像透明的被單
從她的腰間
飄動
使到哄著她睡的黑夜
忽地也甜蜜起來

一九八一年八月廿日吐露港

兒童詩二首

老鷹來了

老鷹來了
遮了半邊天的老鷹來了
母鷄張著翅膀
小鷄一隻躲在一隻的後面
東一閃
西一閃
跟風糾纏
把雲打散
而我呢

跟在最後面
把煙囪扛在肩膀上
讓煙囪的煙
拖動著天上的太陽

雲大人

媽，妳看
不知道雲大人在急什麼
這麼忙的亂穿衣
那袖子從東邊天
伸到西邊天
都沒有穿上
左手穿了又穿
都穿錯了
讓袖子拂得一山的黑色
媽，妳看

他竟然發脾氣了
兩管鼻氣這麼猛
園前的籬笆都吹倒了
怎麼，這還不够
比弟弟還要窩囊
還要哭起來
不得了啦，淚水那麼多
湖杯都滿出來了
待會流入田裏
流到屋裏
怎麼辦啊
媽
那該怎麼辦啊

山言雨說 三首

其一

悶死了！
山說。
滂沱過後
山便把
霧
一幅
一幅的
吐出來
遮一點

露一點
隱隱
約約
忽前
忽後
在水迷中
在天濛裏
山說：
滂沱過後
要歡樂！
要嫵媚！

其二

那山如何來的？
那峯如何去的？
只有雲知道

只有霧知道。

其三

好大一隻灰蝙蝠
拍動著
濛濛的雙翼
把日頭
趕走
把天一攔
在沉沉暮靄裏
先把馬鞍山吃掉
然後
在鼓聲隆隆下
凶凶的
向那羣
搖晃若失的

顫顫的
小島

一九八一年七月

出關入關有感

河是界線嗎？
一葦渡之
山是界線嗎？
一鳥越之
空空無阻萬里無雲的天空
有雁南行有燕北飛
出去歸來
依太陽升而躍騰
依太陽落而歇止
天空是界線嗎？
目極無涯一展入天的大海

這邊有魚羣逐潮汐而東去
那邊有魚羣隨海浪而西來
大海，大海是界線嗎？

在港口，層層的關卡
在機場，反覆的查證
這已經不是有沒有翅膀的問題
這已經不是能不能潛泳的問題
這甚至不是語言與膚色的問題
這甚至不是風俗與傳統的問題
就是有這麼一條看不見的線
橫在那邊
這邊遠遠的站着一堆人焦躁地等待着
那邊遠遠的站着一堆人焦躁地等待着
君不見
正義者那麼慷慨激昂地

登高向八方疾呼：
「我們天生是自由人」嗎？
河是界線嗎？
山是界線嗎？
天空是界線嗎？
大海是界線嗎？

一九八一年八月廿一日香港

第十輯　序與後記

與葉維廉談現代詩的傳統和語言

——葉維廉訪問記

訪問：梁新怡、覃權、小克

現代詩與傳統

梁：有人說現代詩脫離了新詩的傳統，但你在過去一篇名爲「現階段的現代詩」的文章裏說現代詩甚至是繼承卞之琳、戴望舒他們。到底你和你所認識的詩人們，有沒有受到三、四十年代的詩的影響？

葉：事實上是有影響的。何其芳對瘂弦的詩的意象和句法有影響。洛夫早期的詩吸收了艾青——當然是一九四九年以前的作品——那種敍述性的句法；卞之琳後期的詩、還有辛笛在意象上的處理，都對我有一點啟發。

談到新詩，問題還可以推前一點來說。譬如說，在一九一六——一七年左右，中國的新學人猛烈攻擊中國傳統的文字，認爲舊文字無法傳播新思想，間接做成中國的落後云云。但差不多在同時，西方的龐德卻在文章裏稱讚傳統中文的優美，稱之爲最適合詩的表達的文字。爲什麼龐德覺得傳統的文字這麼豐富呢？原因是它可以去掉很多抽象的意念，而具體地將意象呈露出來，但在五四的初期，完全沒有從這觀點來看待語言，只是覺得當時中國從語言到整個社會結構都是陳腐的，所以要接受西方，一點也沒有考慮到傳統語言表達的好處。

在中國的舊詩裏，詩人往往不會把自己硬加在自然界上面。在舊詩中，我們經常可以看到很多事件在我們的面前演出，例如「千山鳥飛絕，萬徑人踪滅」就是一個景在演出。事實上，由於我們語言的特色，中國傳統的表達，可以做到不是以個人追尋非自我的意義，換言之，我們不是以現有的組織和規格去瞭解自然界和一切現象，如阿里士多德用一種邏輯性的骨格來劃分這個世界那樣。

西洋的現代詩打破他們的傳統，吸收中國古詩表達方法的優點。但早期的白話詩卻接受了西洋的語言，文字中增加了敍述性和分析性的成份，這條路線發展下來，到了三、四十年代的時候，變得越加散文化了。不過當時還有另外一條路線的發展，那就是新月派的路線。新月派在當時相當西化。在這兩條同是接受西方的路線中，新月派開始比較注重「詩味」的問題，雖然是用西洋的形式，但希望不完全是敍述，而能達到自我對物象的感受。

這推進到語言的精鍊的問題，逐漸一直引發到現代派來。卞之琳被認爲是新月派的延續，就因爲卞之琳他們的語言方面能做到精鍊，不是一種散文的敍述，而是希望所够呈露當下的感受。

在何其芳的「夜」、「柏林」等等裏面是做到的。尤其卞之琳的「距離的組織」，不是直線的發展而是跳躍過去的：

想獨上高樓讀一遍「羅馬衰亡史」，
忽有羅馬滅亡星出現在報上。
報紙落。地圖開，因想起遠人的囑咐。
寄來的風景也暮色蒼茫了。
（醒來天欲暮，無聊，一訪友人吧。）
灰色的天。灰色的海。灰色的路。
哪兒了？我又不會向燈下驗一把土。
忽聽得一千重門外有自己的名字。
好累啊！我的盆舟沒有人戲弄嗎？
友人帶來了雪意和五點鐘。

其中亦有傳統的句法，如「醒來天欲暮」。在這幾個人的詩中，有很多意象都非常視覺化。

我們經常說詩中的詩味的問題。究竟詩人在選擇意象的時候是在何種心理狀態之下呢？通常我們都會看到很多樹木，但爲什麼它不可以成爲詩？就是說注意的時刻應當和平常的觀看不一樣，你是特別集中注意，脫離了平常的意識狀態。所謂「特別注意」，比方說那事物在特別的光的形態之下出現；或者是空間的關係，可能這棵樹在這個空間裏顯得很突出，而你注意它那個時刻和你平常時的心理狀態略爲不同，換言之，它撤離了一般的時間和空間的觀念。通常我們的時間觀念是很機械化的，一定要離開一點，才會感覺到那個時刻的特別，上面卞之琳、何其芳、馮至等人的詩都是稍微離開平常狀態之下的。比較極端的，就是到達了夢的境界，我們稱之爲出神的狀態。玄思的狀態到出神的狀態再到夢都是很接近，要在這等心理狀態之下，那件事物方才會顯得突出，你才可以抓到那件事物特別顯露的狀態。

卞之琳、何其芳、馮至和曹葆華他們一方面受到象徵派和後期象徵派的影響，譬如里爾克，在當時已是那麼流行，他的詩每一首都幾乎是在進入了出神的狀態之下來觀察事物的純粹結晶。這些人多多少少都受到這方面的影響。在我國傳統方面同樣也有這種出神狀態之下的詩作，譬如李賀的詩。李商隱的一些詩亦有這樣的狀態。

梁：卞之琳、曹葆華他們並不是很自覺地接受傳統的影響的吧？

葉：我不相信是很自覺的。譬如在我自己來說，一直有接觸傳統的東西，而有時在西洋詩裏面，我覺得冥冥之中有一些地方是剛剛相交的時候，我自然亦會接受它的做法。這是一種無形中的匯合。我相信在他們這幾個人中，也有同樣的情形產生，但是不是有意就不敢說了。

對於意象的接受和呈露方面，有很多地方我和他們倒有點接近。我覺得自己的詩是略爲離開日常生活的觀看方法，而是在出神狀態下寫成的。同時，在傳統的詩裏，如王維的：

人閒桂花落
夜靜春山空
月出驚山鳥
時鳴春澗中

在這首詩裏面的意象方面，本身就是一種出神的狀態，是在一種特別安靜狀態之下看到的事物。

當痙弦第一次見我的時候，他第一句就說：「我們一定要把敍述性撤除。」這個問題在西洋詩裏面當然很早就提了出來，不過痙弦和我當時都不瞭解西洋的發展，但冥冥中我在接觸詩的時候，我覺得詩應該這樣做，也覺得傳統的需要。所以我是這樣做，他是這樣做，而他坐下來第一句就說如何撤除敍述性的問題，或是用敍述性而不會走向三、四十年代大部分詩人那種散文化的路向。敍述性還是可以做的，但在每一句裏面必須要有你個人的聲音和個人的姿態。而不是寫作劃一的口號詩。

幾個階段的詩

梁：你早期的詩和近期的詩有很大的不同，你可以談談這種差異嗎？

葉：很多人都認爲我早期的詩比較西化。這句話一半是眞的。因爲傳統的詩短和比較簡單，而我的詩比較複雜，我既是承繼新詩的傳統下來，我仍然採用敍述性，但我敍述的形態跟他們不同，如用很複雜和多層次的表達，如果說這不是跟西洋的表達方法有一點互通聲氣，那是騙人的，到底傳統的詩並不是這麼複雜啊。事實上，當時我想嘗試能不能將西洋和傳統的表達手法構成一種新的調和。以「賦格」爲例，個別意象的構成和傳統的關係很密切，但整體交響樂式的表達卻接近西洋的表達方法。

在最早的時候，究竟西洋傳統重要抑或中國傳統重要，完全不是我們考慮的問題，我覺得，我作爲當時一個現代的中國人，作爲一個被時代放逐的人，出國之後空間的距離使我更有被放逐的感覺，我的感受複雜而且有一種游離的狀態，在當時來說，我只是忠於我自己的感受。由於我對兩個傳統多少都有一點認識，就產生了那樣的詩。沒有考慮到究竟應否這樣，只覺得我忠於自己就好了。但是我又覺得，自從我繼續寫下來以後，對中國傳統更加進入以後，尤其當討論更多中國傳統的詩的時候，我相信中國傳統是比西洋傳統更適合我，所以我有個趨向是漸漸回到更多的中國傳統。

我在鄉間長大，對山水有很大的愛好，在我詩的裏面有很多山水的意象等等，但由於我面對的是很複雜的情景，是東西方的揉合，有兩方面的衝突。而我最近的詩，仍有這種情形，但中國的成份比較重，趨向喜歡用短的句，簡單的意象，希望用簡單的意象能够達到複雜的感受，而不是用以前那末繁複的處理方法。你知道，這可能是跟我胃病開刀也有點關係啦……。這也是一個可能，因爲我鬱結得太久了，所以我寫完「愁渡」之後已經開始放鬆自己，我不希望再陷在這種深沉的憂時憂國的愁結裏面，所以我自己衝出來，特別選擇其他的題材來寫。當然啦，你看我在「醒之邊緣」裏面是否完全已經脫離呢？事實上並不是這樣的，很多主題和感受都重新出現，只是比較放鬆一點。剛才說與我自己開刀有關係，因爲我的胃病可能是這種鬱結的一部份，現在要自己盡可能清心寡慾，或許這樣會影響我現在的詩也不出奇了，但不一定是這個理由。

梁：「愁渡」寫了多久？

葉：兩個星期左右，是斷斷續續寫成的。

梁：你那首詩寫得最久？

葉：寫得最長時間的是「降臨」，最初先寫了兩段，在「筆匯」發表，然後就等了很久才寫第三段，之後就寫得快一點，第四段是在香港寫的，所以其中有一些香港的意象，比方把城市看成碑石的那種感覺……。

實際上，一首詩的產生……起碼這一點我們是與三、四十年代的詩人不同的，他們的主題幾乎在腦袋裏構想得非常清楚，知道寫些什麼，寫給怎麼的對象看，然後再在意象上推進一步。對我來說，不是這樣，有時是一個意象將我捉住，使我迷惑，然後由意象而發展成一首詩。或者有時是一種非常鬱結的感覺和心情引起，開始寫，寫出了一兩個意象之後，再由這些意象引發寫出整首詩來。所以鬱結了一段時間之後，一寫差不多就寫出來了。當然我也有修改。「降臨」的初稿，和後來有分別的，主要是第三首。已經寫好了，我覺得不够力量、不够濃縮——濃縮是當時我嘗試的一個特色——所以後來再改寫。

小克：在「愛與死之歌」的後記裏你說這五首詩來的時候你是毫無防備的，這麼說，你以前的詩不是這樣的了？

葉：在以前，一起來的也有；但來的時候，我——也不是有意這樣做的——不是馬上就寫出來，差不多醞釀一段時間，有時句子在腦袋裏，有時覺得那種感受仍未够濃，到了够濃的時候，一寫，那些意象就一直生長，這樣就一直寫下去了。

梁：「愁渡」是怎樣寫出來的？

葉：這首詩是怎樣寫的嗎？以前我有一首用英文寫的詩裏面有著一種旅程的傾向，我很想將它寫成中文，但寫了很久也不成功，我寫了開頭，開了頭後我覺得不需要寫那首，改寫這一首，寫了第一段，後來第二第三段就慢慢地成長。這詩和其他詩的組織不一樣，它有很多敍述性的成份，是變遷的，每一個視點都不一樣。第一曲可以說是一種平地上的回憶的觀察；第二曲是在高空上，第三曲是一封信的形式……即是說，同樣的事件用五個不同的角度來看。問題是這五個不同的角度怎樣以同樣的風格出現，所以在語言上面就是要有相當的用功，但我覺得自己一做就做到了。「愁渡」五曲的接觸方法都不同，但語言要能夠駕御到有一貫的力量，所以在節奏處理方面比較重視。

在「愁渡」詩裏，用上很多傳統的句法。第四曲這兩句：

千樹萬樹的霜花多好看
千樹萬樹的霜花有誰看

這兩句最重要的聲音是在後面，是杜甫詩的廻響，用來傳遞那種心境。用古詩，不一定是要像艾略特那樣作爲典故的引喻。

有一樣事情是我自己沒有想到的，爲什麼「愁渡」之後要離開呢？我記得這首詩和「賦格」的結構很接近，不是有意的，寫完了之後才發覺，原來我一直都在這個「結」裏面，沒有走出來，所以我一定要離開這個心態和這個主題。

梁：「愁渡」這名字有沒有這個意思？

葉：「愁渡」這名字是後來才加上去的。這詩在很多地方和「賦格」很接近，特別是結尾的地方。在這以後，我才知道我自己鬱結在這個情緒之中有多久。所以我一定要放棄。這些都是後來才想到的。

梁：「愁渡」可不可以說是有一個故事的？

葉：故事是在後面而不是在前面。我們和三四十年代詩人最大的分別就是在這裏。他們的故事在前面，我的故事在後面。我將故事的好幾個重要點的感受採下來。每一首抒情詩應該怎樣寫的呢？抒情詩一定要將感受的輻度呈露出來，而不是將故事講出來。換言之，譬如聽一首歌，音樂表現出它的肌理，你感情的肌理。在「愁渡」詩裏面，肌理當然有了，故事是在後面而不是在前面，這個故事是可以重串出來的。

詩的語言

梁：在你早期的詩裏，一直有用古典的文字或者借用古詩的文字，這究竟是擺脫不掉的懷戀，還是另有深意？

葉：這裏面是有著兩個情況：一個情況是我覺得在我利用一首舊詩的時候，有很多地方可以將在舊詩裏非常濃縮的氣氛和感受，帶到我詩裏面需要這樣表達的地方；另外是我在那個時候始終覺得白話有很多缺點，這些缺點是文言的濃縮可以補救的。所以我許多時把白話和文言儘可能混合到不可以分開。譬如有些朋友覺得我的「游子意」裏面和「愁渡」這階段的混合的嘗試比較成熟。但是我在這之後卻盡可能放棄這種做法。但也不一定能放棄。相信我對舊詩的愛好實在太深，理論上，我並不是沒有想過要不要寫大眾詩這個問題，可能我對傳統的東西有很多非常深厚的感情，這並不是一下子可以擺脫得了的。

讀者麼？當然還有讀者的問題。但讀者是指那些人呢？你寫詩的時候，會想到你的詩是寫給誰看的。我寫的不僅是給某一種中國人看，我有一種心靈上的交往，是關於整個中國的傳統問題。我將我的意思傳達給一切中國人，我寫的時候，可能有許多觀眾已經是缺席的了。

我對於中國的關懷，我希望有人和我分擔這個經驗。而且，我很希望通過我的詩的創造，能够使別人進一步對於傳統有所愛好，這個是自然的做法，問題是我們願意不願意完全將傳統放棄，但我本身是不願意的。我覺得在傳統裏面有很多好的東西，希望別人能够進入去得到一些東西然後再走出來。這未必完全是有意的，可是在寫詩的時候，這顯然亦是一種次要的考慮。

在我心底裏面有一種很嚴肅、認眞的想法，就是擔心我們這麼多年的中國文化的演變裏面，會有一個可能性：就是我們基本上對藝術的愛好，對於中國傳統的藝術的感受，可能會慢慢淡泊到消失。

梁：你的意思是不是說希望憑藉你的現代詩把讀者帶回去傳統？像一座橋那樣溝通現代和傳統？

葉：不一定是帶回去。是有點像橋。希望在讀者的口味方面，能够保持有某一程度的認識或者感受。這些並不是像教書般的說法，而是希望能通過詩，有一種附和、有一種可能……這只有憑藉詩才能做到。

梁：詩人對文字是有一種責任的。

葉：對。龐德說過：「詩人的責任是淨化該民族的言語。」這方面的好處和缺點都很明顯在我的詩中出現，缺點就是說，可能由於我這樣的做法的時候，我所提煉的詩是藝術的語言，藝術的語言在現代社會裏面應不應該嘗試？站在文化上的立場來說，像是應該這樣做的，不是嗎？但藝術的語言在現代這樣急促、這樣動盪的社會裏面，不能够達到讀者。我們所提煉的語言是應該從很普通的民間的語言裏面提煉，還是應該在文學的語言裏面來提煉？這中間就有了衝突和選擇的問題。我們是應該以現成的、很有成就的藝術的語言來調劑我們民間的語言，抑或以我們民間的語言來做最後的標準？這是需要考慮的問題。那麼在傳統裏面不是有兩條線可以走嗎？我可以走樂府的語言（民間的語言）的路，我可以走唐詩的語言（藝術的語言）的路。我們看李白在樂府裏面提煉那麼多的語言和好的句子出來，我相信最後走的路線應該是走李的那條。事實上，我在「賦格」裏面就有一種這樣的做法和想法，即是說，是一種口語化的語態，但卻是比較提煉的語言。譬如「君不見……」並不是純學古人那麼簡單的，那裏面有一種廻響在。李白這句子從那裏來的呢？是從鮑照來的，鮑照最早在樂府裏面就有「君不見……」的寫法。問題當然不是在一兩個例子，問題就是到底所謂在民間裏面所提煉的語言，和在傳統裏面吸收滋養來培養民間的語言，這兩者間的調和及選擇。我自己一般的傾向，大概是先在白話和文言之間提煉了一種語言之後，而以這個基礎再來調劑一下民間的語言，如果這麼作，也是我的一個嘗試，但可不是預先有計畫地做的……只是我曾經想到過這樣的問題。

梁：這樣的情形，現代詩人中有沒有人做過？

葉：有人做過：方旗這麼做過，雖然還有點問題，但有很多成功的句子。其實以前的廢名便已開始這種試驗了。

葉：過去三、四十年代的詩人的詩中，有好幾首詩的結構和傳統的詩很接近，譬如艾青的「北方」，這首詩如果和李白古風比較，它雖是用白話來寫，在意象上卻很接近。……徐志摩有一首詩寫在晚上聽到琵琶的聲音，就跟李白有一首詩在表達的過程上非常相近，當然他受到西洋的影響，兩詩的組織已不相同了。梁文星亦有一首「彈琵琶的婦人」，以白話來寫白居易的「琵琶行」。我的詩裏也有一些這樣的例子，不過，我不想在這裏說明太多，那沒什麼味道了。我相信，傳統對我的影響是很大的。

創作與理論

梁：你現在除了寫詩還教書，作一個學者和作一個詩人，有沒有衝突？

葉：有，當然有啦。你知道研究學問是知性的、分析性重的工作，而且也有點兒死功夫在內……。寫詩可不是這樣，寫詩的過程不是這麼邏輯性的，所以這可以說是兩個世界，有時是可以分開來的，彼此剛好是走極端的情況也有。這兩者之間究竟有沒有相互的影響，我看得由別人來判斷了，我自己對這方面並不特別注意，但我寫詩時，有時完全希望跟我做學問功夫的那種思維過程互相隔絕的。但在我的理論所提的東西，譬如對於傳統的了解，對我的詩有沒有影響，這裏就很微妙了，有時有，有時沒有，有時是一種挑戰。我明明曉得，比方說，在敍述性的寫法裏不可以做到某種境界，因爲敍述的時候，自然就會參與了人的意思了，參與作者的意見了。但是有時又會嘗試，能否在利用敍述的時候達到另一種境界，這是一種挑戰。

……談了半天，其實是這樣的：寫詩呢，最初並沒有這般的嚴肅，寫詩實則上是過癮，寫下去，自己覺得心裏有種鬱結給寫了出來，有時自己很驚異，可以有這麼的意象在你手中出來，很是愉快，因爲你創造了一種境界。最早是這麼的寫，當然寫的時候，語言的問題自然就會嚴肅了，會想怎麼才做到合自己的意思爲止，當然每個詩人都應該這樣做的。到了後來，慢慢地成形，或者成爲一種風格，成爲一種我的聲音的時候，就會有一個在自己的風格裏面發展的階段。那麼，至於說：「現在葉維廉是不是有一套理論呀？」這是後來逼出來的，我寫的理論並不是針對自己的詩，而是針對其他的東西而寫，事實上我很少寫及詩的理論，我避免寫詩的理論，有幾個因素：第一我寫詩的理論，是不是要替自己的詩辯護，是不是要替自己的詩構成一種理論呢？第二，我寫詩論，該舉什麼例呢？當然我不希望舉自己的詩爲例，但如果舉同行的例，就會有人說：你說他的詩好啦我的不好啦，好像重彼輕此似的。我早期談詩的時候，多舉西洋的爲例，並不是說我的意見不適合中國的現代詩，只是怕引起誤會罷了，所以我往往多寫其他方面的討論。

而現在有些人卻以我談詩的文章來看我的詩了，這有時是風馬牛不相及的。比方我在談王維時談到「純粹經驗」，有人就以爲這是我對文學的全部主張。其實只要他們仔細看我的論文集「

秩序的生長」，就會發覺裏面接觸的幅度其實要濶一點，並不光是談那麼幾個問題。

梁：而且你也提過：理論和創作一樣，應該不斷發現新的可能性。說到其他方面的批評，你寫過一册討論現代中國小說的「現象・經驗・表現」（卽「中國現代小說的風貌」），你當時談小說比較喜歡偏重技巧方面的討論，現在你的看法有沒有改變？

葉：本來討論小說也好，詩也好，這兩方面的內容和形式是分不開的，不過在討論的過程中，通過表達的形式來看內容，還是通過內容看形式，這兩個偏重寫起上來是有點距離的。當時我討論小說的時候，覺得一般人對於小說作爲一種藝術的觀念太稀薄，那麼的隨便寫寫就算了。譬如說你要寫個小說嗎？當然是有個人啦，他在某個地方出現，由於他在那一個地方出現，就先描寫那個地方了，之後呢，就是對白了，一定是平鋪直敍的發展下來。但是，究竟寫一個場境的時候，有什麼藝術的作用在裏面呢，往往卻沒有去考慮。又究竟可不可以做成一種氣氛？這種氣氛對以後的發展是不是一種應合的作用，許多小說都沒有考慮的。我寫那些文章時，有一部份原因是希望在那方面能矯正那樣的做法，所以我略爲偏重於表達方面的問題，並且提供了很多的可能性等等。但是，以後如果再寫這方面的文字，我希望在主題和技巧兩方面都兼重。但當然，我仍堅持小說不是隨便可以亂寫的。

兒童詩及其他

梁：你有沒有寫過討論其他藝術的文章，比方說論畫的，你寫過莊喆……

葉：還有沒有寫過其他論畫的？我談過不少，但沒有怎樣寫過。不過我大概會寫一篇談談中國現代畫的傳統，這跟我們實際上是很接近的。

覃：你自己也畫畫吧？

小克：「界」那首詩就有詩也有畫……

覃：那畫古古怪怪，文字似的。

葉：鬧著玩吧了，這些甚至也不可以說是副業。

事實上是這樣的：我對畫很有興趣，也有相當的感受，我也藏有一些現代人的畫，多是別人送的，我沒有錢，不然可以買一點。對於畫，尤其對於西洋畫來說，後期印象派一直下來，它們和我們的整個發展有很密切的關係。我因爲喜歡畫，所以自己有時玩玩，畫一兩幅；通常並沒有畫什麼大畫，有時聖誕節，弄一張小小的，寄給朋友，我自己沒有存的，寄出去，玩玩吧了。「界」那幾張是玩出來的，先畫了，才寫詩。我並不是畫家。但有好幾次也想過放棄詩去畫畫。爲什麼呢？最大的問題就是，我覺得語言裏有很多拖泥帶水的東西，畫比較直接，在表達上，有時就那麼畫下去，很痛快。如果我並不是存心要做一個職業畫家，這是沒相干的，我畫給自己看罷了。其實寫詩也可以是這種態度，我最近就有這樣的態度了，卽是說，並不是一定要寫到怎樣嚴肅的程度，我寫得好就好，不好的話，我放在一邊吧了。這樣，人可以開心一點。我覺得我的詩

太憂鬱，太多憂結了。我現在想寫點「快樂的詩」。當然，這種快樂詩和「光明」詩是不相同的。（眾笑）

小克：你寫給兒女的詩呢？

葉：（笑）我很希望寫一組兒童詩，也寫過一點。我覺得我們的兒童的文學傳統太瘦弱了。外國人有一本一本給兒童看的詩，就算是文字遊戲也好，但是寫得讓小孩子看來都很愉快。我們的兒歌呢，是以現有的節奏性加上文字的，逼他們讀什麼五個字七個字「天上一顆星，地下一塊冰……」這些，我認爲不很够味道。我很希望寫一組比較自由點，有些韻的……

梁：配歌的？

葉：我有寫過配歌的詩，我寫過一二首 Hit-song 和 rock music 的詩。我有一首李泰祥已經譜好了，是用吉他彈的。另外還有一首，本來打算灌唱片，後來因爲幾種因素所以又擱置了。還有一首「生命之歌」，寫得比較早，是別人叫我寫的，已經可以唱的了（葉維廉隨口用國語哼了幾句），但並沒有唱片，只有一些錄音。這倒不是什麼 rock music。我在多方面都有點興趣，但始終沒有做下去。我最可能會做的，還是剛才說的有關兒童的詩，我覺得兒童實在太可憐，沒什麼可看的，很多兒童刊物所寫的都沒什麼意思，能够寫點兒童詩實在是好的。

覃：好像英國的史提文遜就寫過很多兒童詩。

葉：甚至我可以用外國的兒童詩來作個藍本，這當然不是爲了自己，我覺得，如果孩子們可以吸收一些那樣的語言，這應該很有意思。不過我又想，這個工作應該由瘂弦來做，因爲他的國語比較純。

梁：你們可以聯合幾位詩人，每人寫一首。再請畫家們配畫，出一本美麗的書，給小孩子們當禮物。

葉：或許這趟我去臺灣後會這樣做。這是一件好事，因爲小孩子一旦喜歡了詩，感應了那種節奏，以後定會得益不淺。我唯一做過的，是寫過一首「漫漫的童話」，那時是想寫兒童詩的，不過越寫越深奧（眾笑），但仍有點兒童詩的意味。兒童詩有一個好處，想像可以自由，像我們看卡通一樣，在卡通裏面，一隻死掉的貓可以再生，打不死、跌不死，有了這樣的自由，寫起上來，可以寫出很精采的意象，而且小孩子們會喜歡，不像什麼「上大人，孔乙己」……要小孩們唸這些，簡直沒有理由的。中國的兒童實在太可憐，其實想像是可以飛騰一點的。

覃：你自己有了孩子之後，對兒童的感情才深厚起來的吧？

葉：這個當然是了。我本來就很喜歡小孩子。有了孩子後，當然更深啦。我對外國的兒歌都很熟，以前有個時期每天晚上都讀給孩子們聽，所以有很多我都可以背出來，反而我自己的詩都不能背（眾笑）。我眞的不會背自己的詩，說出來也沒人信。

有些朋友不喜歡我現在的詩的轉變，現在我的詩好不好可以不說，但對我自己來說實在是有一點好處。因爲我能够脫離了那種那麼濃縮的鬱結的心境之後，就什麼都可以寫，什麼都想寫。

但回來香港這幾個星期，一直卻想寫一首很濃縮的詩，寫不寫我不知道，我一直都想寫，但我又不想回到那種濃濃的鬱結……。

覃：是那方面使你還寫不出來？

葉：社會。你走出去就是這樣的了，人擠逼，空間也逼……。

覃：爲什麼過去在香港你可以寫得出來，而現在又不可以呢？是突然又不習慣嗎？

葉：不是不可以寫出來，如果我寫出來，像過去那麼繁雜濃密的詩，我又不大願意再進入那種鬱結的心境，但現在又有這種的衝勁寫這樣的詩，現在眞的很想寫一首關於香港這樣的詩……。

我和三、四十年代的血緣關係

很多讀者初次接觸我的詩，是我第二本詩集「愁渡」（一九七二），第一本詩集「賦格」（一九六三）出版的情形極不如人意，根本沒有發行，後來流離失散，市面上一本也找不著。「愁渡」中雖重刊了「賦格」時期的一些較爲重要詩作，我形成期的三、四首早期的詩在「愁渡」中便完全被剔除，我形成期詩作的痕跡，在「賦格」中已經不多，到「愁渡」裏幾乎無法看見。

我早期詩的面貌是怎樣的呢？在「賦格」出版之前，或應說，我在臺灣發表作品之前，曾有每天在日記裏寫詩的習慣，個人的夢和感受，社會上大小的不平，我試圖以種種五四以還我認識的詩的方法和技巧去駕馭，我那時頗有恒心，一共寫了三大本，都沒有整理出來發表。在這個之前，我十六歲那年，開始寫我的第一首詩，題目是「海裏一朶花」，發表在香港星島日報的學生園地。這首詩很幼稚，那是很自然的事。我以前不敢給人看我早期的作品，怕人笑語言的不工，所以一口氣把日記全部燒掉，我現在非常的後悔，作品好壞有什麼關係，那是成長的痕跡啊！看過我這些日記詩的，僅妻子慈美一人。「海裏一朶花」最近給我找著，詩是不好，但回顧起來竟有幾分的眷戀，因爲它代表了我少年時代的夢的追尋，它滲著一些新月派不成熟的語病和某種眞誠的追望，我那時的詩多半如此。我把它抄在後面，算是一種紀念，也算是爲那時的我留下一點痕跡，請原諒它的無力：

淡藍的海裏一朶花開出來了
落寞裏我追尋一個遺失的靈魂
一艘熟識的帆船無意從水面劃過
於是礫碎了這一刹那夢幻的輕盈
空間的枯寂不容許彩色瘋狂的躍動
脚下只留存一些輕微的水擊岩石的響聲
足踝啊！把它浸在海的深邃
讓春水的冰冷把一個迷惘的夢喚醒
褪色的陽光從暮靄的幕後隱沒
藍色的律韻裂成碎片代替溫馨
光前寰宇的璀璨已在夜的舒展裏窒死
朦朧的眼睛裏彷彿閃過隕落的星星

那時的詩，有一部分刊登在我和崑南、無邪合辦的「詩朵」詩刊（香港出版），這本詩刊才出了三期便夭折，裏面的詩大都不成熟，尤其是我自己的，現在只錄幾個詩題便可見那些詩大都是「傷他夢透的」（Sentimental）汎濫的感傷主義：「斷垣的殘歌」、「魔笛的變奏」、「魔鬼的夢」、「什麼才是你生命的顏色？」「六月的輕揚」。

我對於這種軟弱無力、美化呻吟的詩的覺醒，在「詩朵」夭折之前便開始，這個轉變恐怕還得歸功於李廣田的「詩的藝術」、劉西渭的「咀華集」及朱自清的「新詩雜談」，他們對於文字的藝術，眞可謂是一絲不茍的耐心的追問，對文字、意象、意義全盤的推敲，就以他們對卞之琳的「白螺殼」的反覆討論，那種用完全開放的心胸以求詩的意義得以全面的放射，好細的玄思，好深刻的同情，又在擁抱馮至十四行所開放的平凡而深寓哲理的世界時，使我們覺到情感的凝鍊，而我那時頓覺狂濤以外還有緩緩溢出的動人的豐滿。在我當時手抄的批評文字中，以劉西渭下列一段話，對於當時的我尤爲重要：

徐氏（志摩）的遇難是一種不幸，對于他自己，尤其對于詩壇，尤其對于新月全體，他後期的詩章與其看作情感的涸竭，不如譽爲情感的漸就平衡，他已經過了那熱烈的內心的激盪的時期。他漸漸在凝定，在擺脫誇張的辭藻，走進一種克臘西克的節制。這幾乎是每一個天才必經的路程，從情感的過剩來到情感的約束。偉大的作品產生於

> 靈魂的平靜，不是產生於一時的激昂。後者是一種戟刺，不是一種持久的力量。（咀華集、一九三六年、一三〇頁）

劉西渭說的不只是後期的徐志摩，還有聞一多。其實，聞一多是五四時期詩人中最用功於文字的藝術的，譬如他在側面攻擊創造社詩人的文章裏，便曾說：

> 你沒有聽見他們天天唱道「自我表現」嗎？他們確乎只認識了文藝的原料，沒有認識那將原料變成文藝所必須的工具，他們用了文字作表現的工具，不過是偶然的事，他們最稱心的工作是把所謂「自我」披露出來，是讓世界知道「我」也是一個多才多藝，善病工愁的少年……還帶著幾滴多情的眼淚！（聞一多全集卷三第二四六頁）

每一個詩人要從「善病工愁」的少年維特走出來，除了「情感的約束」之外，還待詩人在文字上收斂。凝定與錘鍊使後期的徐志摩與聞一多做了三十年代不少詩人的導師，其中卞之琳以嚴謹的頓挫的節奏和律動調和口語，便是從徐、聞二人的凝定出發，他的格律詩，做到徐志摩所要求的內在的音節與外形字句整齊有血脈有跳動的配合（見徐志摩「詩刊放假」一文，原刊「詩刊」第十一期，一九二六年六月十日），他的自由詩也具有同樣嚴謹的節奏。從聞一多所要求的文字的錘鍊出發的，最突出的便是農民詩人臧克家。臧克家與聞一多的血緣關係他自己說得最多最詳（

俱見聞一多全集），我這裏只抽出幾句當時我印象最深刻的句子以見一斑：

㈠日頭墜在鳥巢裏
　黃昏還沒有溶盡歸鴉的翅膀
㈡一個跌不死的希望
㈢陽光撥開隔夜的眼睛
㈣痛苦在我心上打個烙印
　刻刻驚醒我這是生活
㈤一萬枝暗箭埋伏在你周邊
　伺候你一千回小心裏一回的不檢點
㈥背上的壓力往肉裏扣

其中第一例是變自聞一多的「鴉背馱著太陽／黃昏裏織滿了蝙蝠的翅膀」和唐詩中常見的「昏鴉」的形象，他那兩句的獨特處在「詩眼」、「溶」字。同理第六例傳神處在一個「扣」字。

這種凝定與錘鍊是當時的我最需要的。我猛讀五四以來的作品，在十五、六歲便開始，我從貧窮的農村流落到香港，憂國思家，那些書最能給我安慰，我曾在「中國現代作家論」編後記裏記下此事。我約略說，當時我讀到的作品，使我作爲一個新文學作家的血緣關係未曾中斷，在感受上、語言上、思潮上有一種持續的意識，這是我的幸運。但我那時很窮，書買不起，只有猛抄，抄了五大本；五本中抄得最多的詩人包括馮至、卞之琳、何其芳、王辛笛、穆旦、梁文星（即吳興華，他的詩大部份由宋淇在香港發表，由我商得濟安師的同意重刋於文學雜誌）杜運燮、袁可嘉、艾青、臧克家、梁遇春、曹葆華、戴望舒、廢名、陳敬容、殷夫、蒲風、羅大剛、袁水拍等，其中穆旦、馮至、曹葆華、梁文星是我在臺大外文系做學士論文的素材（譯爲英文）。這些人對我的語態、意象、構思都曾有過相當的影響，我在日記裏寫詩的時期，曾多方實驗過他們的句法。在此我無意一一布列，但熟習那個時代的詩的讀者，卽在我脫離了他們的風格以後的詩也可以看出痕跡來。試列二例：

葉：　　　　仙桃與欲望

誰弄壞了天庭的道德，無聊，

或談談白鼠傳奇性的魔力……（賦格）

卞：（醒來天欲暮，無聊，一訪友人吧）

（距離的組織）

葉：裂帛之下午披帶著
　黃銅的聲息　　（降臨）

辛笛詩「秋天的下午」：
　陽光如一幅幅裂帛

但這些痕跡，已經被化入了我自己的風格中，除了單句獨立來看相似外，全詩的詩質、結構、表現和他們還是很不相同的，只有在我早期一些未發表的詩中始較顯著，這一點後面會略加引述。

我想比較有意義的是說說：除了凝定與錘鍊之外，我在他們的詩裏學到些什麼技巧？或者說，他們的詩曾經給我提供了什麼？我無法在此對他們一一細論，這必需留待以後作專論。我來擇其對我特別相關者談談。

上面提到王辛笛，最有趣的是：我「降臨」一詩的前面數行，曾獲得李英豪（在一九六四年）及顏元叔（在一九七三年）幾乎完全相同的喜愛和解釋，二人大致認為一個意象藉聲藉色衍生另一意象，而最後的全組意象成為一個有機體。茲將顏元叔的分析錄出，然後我再回到王辛笛的詩的討論。

第一行「裂帛之下午披帶著」，緊接第二行「黃銅的聲息」。「聲息」與「裂帛」都

> 是聲音的意象……互相呼應；「黃銅」是累加的新題意……第四行「旭陽之劍」，幾乎逸出已建立的意象格式，但「劍」與「黃銅」俱是金屬，有其關連。「旭陽之劍」是光芒與金屬的結晶，於是第八行廻響著「星之金礫」。第九行「野蠻的銅鑼之一響」，把到此爲止的「音響」和「金屬」都呈現出來……第十四行的「歡樂的箭簇」，一方面廻響著「旭陽之劍」，另一方面廻響著「裂帛之下午」所形成的心靈上的振奮。第十五行的「果臉」呼應著（十行的）「雲的樹木」，（十三行的）「青春的穀粒」，「射出」自然跟隨「箭簇」，而「閃爍」、「旭陽」、「金礫」全爲一體。第十七行再重覆著：「裂帛之下午……」這些意象語由於前者誕生後者，後者呼應前者，自然形成一個謹嚴的有機結構。（「談民族文學」，一九七三，第二七五頁。）

要掌握一首詩的統一性，從感性方向出發，先要罩住氣氛，氣氛的調和可以把不同層面的意象和經驗溶合；從知性出發可以安排理念可觸事物的應和。這兩者在詩發生的時候應該是感、知結合不可分，但二者都要文字、風格的統一。「氣氛的掌握」最成功的莫過於王辛笛，我曾說我和他句同詩質不同，這話大致不錯。但我無法否認他掌握氣氛的手法曾給我啟廸，他那首「秋天的下午」是這樣寫的：

陽光如一幅幅裂帛
玻璃上映著寒白遠江
那纖纖的
昆蟲的手　昆蟲的脚
又該黏起了多少寒冷
——年光之漸去

（一九三六）

把最後一句（我認爲是敗筆）去掉，這視覺的透明性，可以直追甚至超過小謝的「餘霞散成綺，澄江靜如練」和靈運的「空水共澄鮮。」在這一個層次上，我想我和辛笛、二謝、王維、馬、夏至雲林都緊緊的通著消息的，這或許可以作爲我後來全心研究和發揮山水詩和王維的一個註腳吧。

辛笛也善於冥思物象而從物象的平凡而親切的呈露裏引出宇宙永恒的律動，如他的小詩「航」：

帆起了
帆向落日的去處

明淨與古老
風帆吻著暗色的水
有如黑蝶與白蝶
……
……
從日到夜
從夜到日
我們航不出這圓圈
後一個圓
前一個圓
一個永恒
而無涯涘的圓圈……

（一九三四）

前一段依賴色澤的對比而統一，明亮與古暗，黑蝶與白蝶，在白日與黑夜的邊緣時刻，在夢與醒之間，始見後段之永恆感覺，永恆是在現實與夢的交替時刻產生。我們必須沉入每一瞬間的最深的核心裏，才可以觸到現象事物在這一刻中出現的全面實感與意義。

顯然，卞之琳亦是善於由冥思一物開始，然後向圓外伸展，進入無限；但卞之琳的冥思裏，玄思的成分重。這在「圓寶盒」及「白螺殼」引起諸多討論這件事（包括他自己出來說明）可以看出，許多意象之間的進展和呼應，是通過了較嚴密的知性的思維的。這兩首詩被討論太多了，我想我不必在此畫蛇添足，我不妨錄李廣田的說明以見其經營「應和」、「變化」的一面：

第一節的圓寶盒是從靜處看，第三節的圓寶盒是從動處看，第一節的圓寶盒是一個完整無缺的宇宙，是無限的，第三節的圓寶盒是一個有限的世界，其實有限之中也見出無限，靜的也是動的。在這裏，縱的時間，橫的空間，主觀的我，客觀的你，都在層疊中統一在一致裏。「你看我的圓寶盒跟了我的船順流而行了」，是靜中有動，久中有暫，「雖然艙裏人永遠在藍天的懷裏，雖然你們的握手是橋——是橋——可是橋也搭在我的圓寶盒裏」，是動中有靜，靜中有久，「一顆晶瑩的水銀掩有全世界的色相……」是小中有大，「而我的圓寶盒……也許是好掛在耳邊的珍珠——寶石？——星？」是大中有小。於是內在的，外在的，無外的大，無內的小，是相對的，也就是統一的了。

（詩的藝術，民國三十二年，十八頁）

卞之琳這首詩詭奇的機智的痕跡是顯而易見的，是經過他用心思安排的。「寶石」、「珍珠」、「星」、「水銀」的呼應，固然是因著「光芒」、「形狀」而綴合，但它們能提示「靜動」、「久暫」、「內外」者，並非詩人從外在現象世界實際發生的事件的紋理中使之浮現，「而是詩人個人使它們在一個文字世界裏發生的」：「我幻想在哪兒（天河裏？）／撈到了一個圓寶盒」、「你看我的圓寶盒／跟了我的船順流／而行了」。這當然和卞之琳所堅持詩人可以化「腐朽爲神奇」的信念有關。「詩人使之如此」及「自然本來如此」之間，我們傳統的詩觀是重乎後者，所謂以不見斧鑿痕爲上。卞之琳這首詩詭變而工，最後還怕會落入「硬合」之譏。

王辛笛、馮至、艾青卻是依著自然事物出現的弧線捕捉其在現象中的意義。（卞之琳也有這樣的詩，如「古鎮的夢」便是。）要使事物與事物間通話、呼應，最好是沈入事物的本身，了解事物本身的活動行爲，同時沈入那些事物現出的環境及瞬間的關係與生命，如此才可以任事物在我們面前演出及放射意義，如辛笛的「航」便是如此。在「圓寶盒」一詩裏，詩人始終站在外面。李商隱的「滄海月明珠有淚」，除了一種特殊的氣氛以外，當然也有點像「寶石」、「珍珠」、「星」依著「光芒」和「形狀」呼應，如「月」、「珠」、「淚」皆圓，「月」、「珠」、「淚」皆「明亮」，而「滄海」又和「月明」對比，物象的視覺性更突出。但李商隱沒有作知性「

硬合」的痕跡，其唯一異於「航」詩的地方，他將這些事物置於夢境（或異於現實世界的特殊情景）中。

馮至寫的是最平凡的事物，如寫一羣初生的小狗的母親在接連落了半月雨後的初晴把它們銜到陽光裏，用了最簡潔的近乎散文的句法，把事件發生的弧線聖儀地勾出，而使我們依著其律動而隱約地思索其間的意義，因爲詩人用了最大的同情，所以他能進入事物的眞性，我們也由此而能從事物的本身（如小狗的世界裏）去感著自然本能的律動，從有限「感著」無限。我們始終沒有離開實際的世界。

極度形象化的艾青，其最成功的意象，往往最紮根眼前的現實：

雪落在中國的土地上，
寒冷在封鎖著中國呀……

這是自然現象的寫跡，但也是當時苦難中國的情境的寫跡，封鎖著中國的，在自然是雪，在人世是日本的侵略與殘殺。如李白「胡關饒風沙」那首古風，自然的殘暴面和人類的殘暴面有著相同的紋理。（艾青的「北方」在結構上更似李白的「胡關饒風沙」）

其實卞之琳許多詩亦有類同馮至與艾青的表現，但我當時特別注意到「圓寶盒」、「音塵」、「距離的組織」、「春城」和「白螺殼」，還不只是「呼應」的問題，而是他詩中場景不斷的推移變換所開拓出來的多面性。「圓寶盒」中知性的引動和綴合只是他求統一的方法之一。所謂「場景變換」或「換位」，可先舉下列兩句：

你站在橋上看風景，
看風景人在樓上看你。

這是「主」、「客」兩個透視同時兼顧，莊子所謂「兩行」是也。「兩行」所牽涉的便是現象的全面性的問題。中國傳統的現象觀，任物象各當其分的出現而不由「我」作選擇單線行進的排列，其重點便是認爲：要求得自然必須保持多重併發的現象，所以我們的舊詩裏甚少敍述性，而著重事物的演出。（見我後來兩篇專論舊詩的文字：「從比較的方法論中國詩的視境」及「中國古典詩和英美現代詩：語言和美學的匯通」）。但我當時並沒有完全從傳統美學的澈底了悟中去看卞之琳，實際上卞之琳恐怕亦不完全是追求傳統美學中的理想，就以他詭奇用心的經營這一點來說，便已違反了道家的精神。但在當時，像「距離的組織」一詩的時空的刻刻變換，使我們同時存在於不同的時空裏，也做到某種「寂然凝慮，思接千載」的境地，是很得我心的，雖然現在看來此詩的「經營」痕跡太多。我當時喜歡的原因之一，它較合乎「全面性」的要求；原因之二，它解決了新詩中與中國傳統精神相違的敍述性。

想獨上高樓讀一篇「羅馬衰亡史」，
忽有羅馬滅亡星出現在報紙上。
報紙落。地圖開，因想起遠人的囑咐。
寄來的風景也暮色蒼茫了。
（醒來天欲暮，無聊，一訪友人吧。）
灰色的天。灰色的海。灰色的路。
哪兒了？我又不會向燈下驗一把土。
忽聽得一千重門外有自己的名字。
好累啊！我的盆舟沒有人戲弄嗎？
友人帶來了雪意和五點鐘。

上面提到的「音塵」、「春城」等詩，雖然推進不同，但都有「思接千載」、「思入千里」的跳躍。卞之琳這首詩，雖然每句皆有典，典故說明了，全詩便可以連接——這當然又是過度知性的技倆。但這首詩可以不依賴這些典故而成立，那便是一種異乎尋常的意識狀態：夢與醒之間，心之能遊萬仞，還有賴於「虛靜」的「喪我」。現實與時間的層次和界限不明，神始可與物遊。曹葆華便常常藉著這種異乎尋常的意識而漫入「奇境」「怪境」，有時甚至遠離常態。

卞之琳利用多種層次的出神狀態去漫入不同的時空，其中最重要的，是經常保持事物的「現在發生性」，要使讀者跟著詩的進展而覺著事物刻刻中在眼前發生，首先便要對事物加以特別的凝注，刻刻的凝注，好像在你讀到這行詩之前，該事物或事件從未發生，這包括了兩個程序：先疏離後親切——先使其疏離凌亂不相關的環境然後使之成爲最親切的事物，如此事物便可以隨著意識漫展而行。「春城」便是這樣一首詩，但最能凝注在「現在發生性」的是「西長安街」。這首詩先寫一個老人的出現，先見影子，枯樹的影子，然後撐著手杖的老人的影子才出現，由長的影子引到「晚照裏的紅牆」，很長的紅牆，很長的藍天，很長的路……。

走了多少年了

這些影子，這些長影子？
前進又前進，又前進又前進，
到了曠野上，開出長城嗎？
彷彿有馬號，有一大隊騎兵，
在前進，面對著一大輪朝陽，
朝陽是每個人的紅臉，馬蹄

揚起了金塵，十丈高，二十丈——
什麼也沒有，我依然在街邊，
也不見舊日的老人，兩三個
黃衣兵……

如此許多日子、事物、歷史事、記憶事進出於一個永遠保持著現在的意識核心。這一個凝注的意識核心便使語態也統一起來。這，恐怕是卞之琳當時給我最大的啟廸。我在辛笛、馮至、卞之琳與艾青之間作著多方的溶合。

所謂「剔除敍述性」——瘂弦和我初次見面不約而同提出的方向——並不是如此容易的，因爲新詩一開始便承襲了西方專長的敍述性。新文學之興起，本來是要傳達新思想的，本來就要由「我」向「你們」「敍說」一些「新思想和眞理」。中國傳統「任自然無言獨化」的方法，首先沒有了「我」，其次「無言」便不敍。這種沒有「自我」，自然也沒有個人主義，原是極高的美學理想，但對五四時期的詩人來說，完全不可接受，而西方詩人由「我」作自然的「解人」這一個敍述程序，反而切合五四時期詩人的需要，所以才有創造社大量用「我」字和新月派大寫個人的夢。三、四十年代的詩人，包括艾青和臧克家，由於當時政治及國情的變化，有許多口信要傳達，所以更加需要敍述的程序。但三、四十年代有許多詩人的詩常是如此寫的：「我如何如何，我們應如何如何……」一片純屬於傳教式口號式的散文的說明，其濫用程度極爲驚人，連當時的注重口信傳達的左派批評家都受不了。這是我當時反對濫用敍述性的原因。但完全剔除敍述性是不可能的，因爲它已根生在白話文的應用裏，問題在用了敍述性之後如何可以超脫其實用說明性。上面提到的辛笛的「氣氛的掌握」，馮至的「事件律動聖儀式的勾劃」，卞之琳的「場景變換」和「現在發生性」都是可行的方法。其次便是艾青和穆旦詩中所提供的以戲劇場景代替散文直述。艾青的「北方」和「雪落在中國的土地上」便沒有浪費太多散文的直述，而以強烈的戲劇場景推進，他的意象活躍而多義，所以詩質濃淺有致：

風，
像一個太悲哀了的老婦，
緊緊地跟隨著
伸出寒冷的指爪
拉扯著行人的衣襟，
用著像土地一樣古老的話
一刻不停地絮聒著……

試與瘂弦早期的兩句詩比較：

冬天像斷臂人的衣袖
空虛、黑暗而冗長

「斷臂人的衣袖」暗示性很強，但說明了「空虛、黑暗而冗長」，反不如艾青的豐富，風被形象化以後，還要演出其作爲形象的應有行爲，這一個老婦的形象，不只是戰時中國貧窮的形象，而且還是三千年的貧窮的形象：「用著像土地一樣古老的話／一刻也不停地絮聒著。」注意到：詩中所描寫的活動，無一不同時切合自然的活動和老婦的形象。風當然也是「最古老的話」，尤其是在北方。風「拉扯著行人的衣襟」，乞丐的老婦也「拉扯著行人的衣襟」。可見，一個戲劇場景的應用，總是比詩人說明「貧窮」或爲「貧窮」而作口號呼喊來得直接而具體。用戲劇場景推進同時可以達到「現在發生性」，而使我們刻刻隨著經驗面的出現與變化而直接的感著。這一種手法亦見於辛笛、穆旦的詩裏，在此不作細論。

艾青後來去了延安，因而臺灣方面覺得不便提他的詩，我想這是一種損失。艾青在一九四二以前的詩實在是很好的詩，他被清算的一組散文詩（「畫鳥的獵人」、「偶像的話」、「養花人的夢」及「蟬的歌」），也是寓意極深刻的詩，與臺灣的政治方向沒有衝突，應該鼓勵討論閱讀。

我「賦格」以來的詩，很多是設法在辛笛的「氣氛」、卞之琳的「呼應」、「場景變換」、「現在發生性」、馮至的「事件律動的捕捉」和艾青的「戲劇場景的推進」之間求取一種融匯。還有戴望舒的「情緒的節奏」（見我一九五九年的「論現階段中國現代詩」）和卞之琳、梁文星把文言的凝鍊溶入鬆散的白話，都是我當時努力的方向。

但在「賦格」之前，我的詩卻頗多敍述程序的，如「我們忽略了許多事實」「塞上」和「城望」。其中「塞上」（一九五八年），以一個女俠的淒涼故事爲線，最具戲劇場景推進的技巧，其他二首則介乎「說明性」與「視覺意象」之間。今錄「塞上」一段以見一斑：

高峻的天空仍舊移動於她的髮間
無垠的黃沙仍舊翻飛於奔蹄之下
穿過彩色的紗罩，空靈的遙遠
一口寶劍，一張弓，她負載了
歷史亘古的哀愁，冒熱氣的龍爪
遠遠地提起了氤氳的流質
十數年一個湧復不絕的南方
十數年一個熱烈的追望
難道就要化滅於今日的大數？
　　翡翠池閃過

她迷茫的追懷，她想到水
想到第一次溪間裸浴有男士經過
最後一次奉獻給南方
烈焰燃燒著，沙風在她急切的飛馳中
在她疲渴的身後顯示
一個澄明的白日，一段木筏的
冒險點綴著她的童年……
……………………
來復著來復著
在嬌痴的飛奔中，眼前翻落
一片雲采，高秋的天氣下
她撫著寶馬抽泣，悲涼的是
乾烈的秋風，悲涼的
也是她斷續的前事

在我早期的詩中，還有形式的試驗。形式的試驗有兩種。一種是很嚴格的外在形式的練習，我通常在翻譯上練習較多，如把白朗寧夫人的十四行翻成原詩一樣的韻腳，每句一定翻成五拍，用十二或十三字，每二字或三字成一拍，這當然是承著聞一多的「死水」（「死水」裏是四拍）而來，我眞正如此寫的詩並不多，現在只找到一首如此嚴格的十四行，後來我還是喜歡馮至那種字數不拘行文自由的十四行。這兩種我都留有例子各一。一般說來，這些只能看作我的一種練習而已；但這種練習不是沒有意義的，我首先注意到梁文星用了這種句法而提供了穩定的音樂性，尤其是他掙脫了呆板固定形式而寫的「彈琵琶的婦人」，裏面有一種隱隱波濤的律動：

> 他不會注意這樂曲——對於他說來
> 過去，就像是蟲咬的多塵的帷幕
> 卷起來，丟在一邊。只有把俄傾
> 孤立在時間的急流裏，他才能深嘗
> 生命林中的酒液……

我不能說這完全是梁文星給我的啟示，聞一多的錘鍊及凝定通過了臧克家和卞之琳（他曾用此法譯奧登「戰時詩」四首）也許給了我更多。我的「賦格」集中的句法是以五拍爲主，二、三字爲一拍而略加變化（卽容許四、六拍和四字爲一拍）而成：

> 北風，我還能忍受這一年嗎？

冷街上，牆上，煩憂搖窗而至
帶來邊城的故事；呵氣無常的大地
草木的耐性，山巖的沉默，投下了
胡馬的長嘶；烽火擾亂了
凌駕知識的事物，雪的潔白
教堂與皇宮的宏麗，神祇的醜事
穿梭於時代之間……

其後由此再變，那是後話。但我寫「賦格」時其實也沒有刻意要按照一定的節拍的，我還是主張由經驗的轉折緩急去決定詩行的長、短、擊、止，我早期無意中依著二、三字為一拍那種行進，想和我翻譯的訓練必有關係。

另外一種形式的試探，是空間及外形的相似，這是從艾青來的，那就是他那首「手推車」：

在黃河流過的地域
在無數的枯乾了的河底
手推車
以唯一的輪子

發出使陰暗的天穹痙攣的尖音
穿過寒冷與靜寂
從這一個山脚
到那一個山脚
徹響著
北國人民的悲哀
在氷雪凝凍的日子
在貧窮的山村與山村之間
手推車
以單獨的輪子
刻畫在灰黃土層上的深深的轍跡
穿過廣濶與荒漠
從這一條路
到那一條路
交織著
北國人民的悲哀

這種對稱，空間的對稱和對位，顯然和音樂有相當密切的關係，我早期一首未發表的詩是模倣「手推車」的空間對位形式的：

酒
在夜中
給我忘卻的力量
我忘卻昨日的太陽
一個希望
從窗口爬入
蜷伏在侷促的橱中
等待我們
等待我們在酒中
發現一切
酒
在夜中

燃起杯中的火焰
我燃起死寂的夜街
淒涼的冬
從窗口偷出來
散入昏眩的黑暗裏
好讓我們
好讓我們在酒中
相交在一起

酒盡
燈滅
希望的冬
在夜中
我們發現、相交一起

（一九五六）

我以後再也沒有寫同樣形式的詩了，這首詩多了第三段，第三段是「綜合」。但從音樂的立場來說，剛巧是「母題」（Motif）的 Theme，Counter-theme 及 Synthesis 的變化，這三重手續倒是我後來的詩中的主要音樂變化形態（不指外形的相似），眞是沒有想到。

我和音樂結構發生密切的關係，也不知始於何時，「賦格」一詩固然是按照 Fugue 的交響樂的形式而行進，比「酒」繁複得多了，但在一首在句法上完全是三、四十年代的情詩裏，竟也隱伏著音樂「母題」的變化、換位、回響、逆轉等。這是我一九五七年爲我現在的妻子慈美寫的「生日禮讚」，此詩很少用濃縮的語言和意象，且語多直爽，但也隱隱有一些「賦格」的句法。全詩太長，我錄數段作爲這階段詩的一個結束：

八月十八日
我佳偶的日子中的日子
我和她共唱一支采色的歌曲
我和她共唱一節靜靜流傳的故事

大地，賦生之神，萬物的懷抱，夢與眞實的偉大的形體，你就在這非常的日子裏把我
孤獨地留下在石塊之間，使我在雨中陽光般的喜悅裏無聲，使我渴飲不到語言的靈泉
來祝頌這和諧的日子嗎？

啊，這是我佳偶的日子中的日子，我要穿行過時間遙遠的水流，穿行過記憶無盡的林野，穿行過世界一切的禱告和節日，我要宣告人神，這是我佳偶的日子中的日子——我佳偶的日子巨大而澄碧地自我們的心中升起，一如神祉自海洋……

南風，自然的呼吸

蘆葦，音樂的姿體

羣山，大地的胸脯

城市，人類的嬰孩

河流，你我的腰帶

請醒轉過來，和我共唱我佳偶的日子中的日子……

可是，變亂的時代終於把我從三、四十年代的臍帶切斷，我游離於大傳統以外的空間，深沉的憂時憂國的愁結、鬱結，使我在古代與現代的邊緣上徘徊、冥想和追索傳統的持續，遂寫下了沉重濃鬱的「賦格」與「愁渡」。

一九七七年夏

推移的痕跡

——「驚馳」自序

詩集而加自序，這不就表示詩本身不足，需要從旁指引、幫助、解說嗎？所以我過去一向不寫自序，或大論特論的自我剖析或自圓其說。論人家是一種品賞，論自己就難免有賣花讚花香之嫌。

說不寫自序，我竟寫過類似的東西。如在那重印了我早期一些詩的集子「花開的聲音」裏，我便曾寫過一篇「我與三、四十年代的血緣關係」，追溯了我少年時代在香港時在坊間讀到的、從朋友的書房裏抄到的一些集子給我的啟示，算是一種歷史的追跡吧，實在沒有要藉人家的洪音來壯我沙啞的吟唱之意。

今天要寫一篇短序，也不是要說什麼詩的大道理。詩老是辯護，贏了也沒有什麼光采的。我只想在這裏記下一些生活推移的痕跡。

一九八〇年八月，我來到香港中文大學英文系當客座教授及主持研究所。很久沒有寫詩的我，突然寫了一批詩。朋又、學生都好奇的問：爲什麼？

記得有一次周策縱先生在一個會上說，來到東方，看見很中國式的山水，詩與大發，寫了很多詩。我當時說，說外國的山水不雄奇、不美，似乎說不過去。而在外國無詩，到東方有詩，恐不盡與山水的外在美有關。我們能神與境遇、心與物遊者，是因爲對境、物有一份愛與關懷，是境與物屬於自己的境與物。在外國少寫詩，並不是說黑人問題不重要，不是說人的異化不重要，不是說壟斷主義不凶猛，不令人震撼。只是身在外國，心在家園。我關心的是家國的進展、變化。所以在外國時寫的詩，題材表面變化很大，而且也換了許多語言的策略去表現，但有一天回頭一看，背後的母題竟然逃不開兩種：懷鄉與放逐。那段日子的詩幾乎都是這兩個母題的變化。一驚之下，趕緊抓住我心中的根，抓住屬於我的境與物。

於是每一個暑假，像漂泊在海上太久的水手，必急急的回到臺灣，我的第二（還是第一？）故鄉。回到臺灣，每一個街角都像我掌紋一樣熟識，一樣親切；每一個小鄉鎮，小山村溪谷我都曾去交往；是這份愛與關懷使我熱切地寫了許多散文和詩，不盡是因爲山水的外貌。雖然，我也承認臺灣的山水，因爲更接近傳統山水畫的美，易於引起我的詩興。我必須感激那幾個暑假臺灣農村與山水給我詩的再生。

關於香港又怎樣說呢？啊！對香港的感受是複雜的。香港不是我出生的地方。我一九四九年從一個窮鄉逃難到香港，那盡是酸楚的記憶：人吃人的社會，假中國人專整眞中國人的地方，燃燒的目光，中風似的驚呆，不安傳透人們器官、血脈、毛管、趾尖……那時啊，確是看著都酸楚傷愁。雖然是這樣，我也曾在高中時代呆過一些日子，那些酸楚和傷愁，像溶漿也曾使我凝結成鋼鐵。年紀小小便一個人到臺灣去追尋和建立屬於中國的自己……

這次突然重臨，竟有一陣陌生的熟識，一陣似曾相識的親切。情感是複雜的。我眼前的同胞當然是血肉相連的，但他們人生與精神的取向，卻被畸型的社會（殖民地的後遺症吧）推移，往往落腳在民族意識的空白裏，令人扼腕驚嘆；而另一方面，一些少數的「美麗的中國人」，卻在極其困苦的情況下，在被人完全漠視的情況下，默默為中國的良知努力，企圖在將來突破性的變化做一些基石；在氣脈上，和在臺灣的中國作家和在大陸為民族良知努力的作家完全是相通的。這些少數的「美麗的中國人」，一面為畸型的社會感到無可奈何，另一方面又不甘心他們的同胞被完全物質化和異化。在似曾相識與複雜的陌生中，看著還未被「商業怪獸」吞滅或變型的吐露港山水，一些詩冉冉的出現了。一些驚懼，一些追懷，一些讚賞，一些企望。我，一個中國人站在不屬於中國的中國人的地土上。

第二件應該記的事。去年五月，因為職責上的需要（我除了主持比較文學研究所，還兼了比較文學研究中心的顧問），我去了大陸一次。三十多年未見的中國，很多地方和我離開前沒有兩樣，那震撼可想而知。山水秀麗如昔，可以歡愉；環境似曾相識，則不可不憂傷。至於纍纍傷痕，更是柔腸寸斷。於是我禁不住心中的澎湃，或通過他們的聲音，或依景物直描，記下了一些印象*。我太太問得好：每到一個地方，你有沒有想到同時在臺灣的感受？

有。而且我心中還廻響著這句不成詩的話：江山的嬌美還需人事扶持。

一九八二年七月　香港中文大學

＊編者按之：見另集「留不住的航渡」。

葉維廉簡介

在中年輩的詩人學者中，很少人能像葉維廉教授那樣，同時在詩創作、翻譯、文學批評和比較文學四方面都有突破性的貢獻。

葉氏早年在臺灣與瘂弦、洛夫、商禽、張默等從事新詩前衞思潮與技巧的推動，一時風起雲湧。他的詩與詩論均曾獲獎（「降臨」，最佳詩作獎；「秩序的生長」，教育部文藝獎），並在一九七九年被列入「中國十大傑出詩人選集」。

在翻譯方面，他譯的「荒原」和論艾略特的文字在六十年代的臺灣，受到很大的注意。其後他又譯介歐洲和拉丁美洲現代詩人（見其「眾樹歌唱」），開拓了不少新的視野和技巧。在中譯英方面，他一九七〇年出版的 Modern Chinese Poetry，其中有六人被收入美國大學常用教科書內。在中國古典詩方面，葉氏則通過中國古代美學根源的重認，譯介了王維一卷（Hiding the Universe: Poems of Wang Wei）和「中國古典詩文類舉要」（Chinese Poetry: Major

Modes and Genres)，匡正了西方翻譯對中國美感經驗的歪曲。

在文學批評方面，除了早期論詩文集「秩序的生長」外，還著有「中國現代小說的風貌」（香港版是「現象・經驗・表現」），是第一本探討臺灣現代小說藝術美學理論基源的書。

葉氏近年在學術上貢獻最突出、最具領導性、影響最具國際性的無疑是他在東西比較文學方法的提供與發明，由他的「東西比較文學模子的應用」一文（一九七四）開始，到最近出版的「比較詩學」一書（一九八三），十一年來，對西方新、舊文學理論應用到中國文學研究的可行性及危機，作了根源性的質疑與綜合，並通過「異同全識並用」的闡明，來肯定及發揮中國古典美學的特質，又通過中西文學模子和體制的「互照互省」，來試圖尋求更合理的共同文學規律來建立多方面的理論架構。

葉氏在一九三七年生於廣東中山，先後畢業於臺大外文系，師大英語研究所，並獲愛荷華大學美學碩士及普林斯頓大學比較文學哲學博士。

葉氏中英文著作凡三十册。主要詩集有：「賦格」、「愁渡」、「醒之邊緣」、「野花的故事」、「花開的聲音」、「松鳥的傳說」、「驚馳」。散文集有：「萬里風煙」、「憂鬱的鐵路」。中文論文有：「秩序的生長」、「中國現代小說的風貌」、「飲之太和」、「比較詩學」。英文論文譯者有：Ezra Pound's Cathay; Modern Chinese Poetry, Chinese Poetry; Major Modes and Genres; Hiding the Universe: Poems of Wang Wei。中譯有「荒原」及「眾樹歌唱」兩種。

葉氏自一九六七年便任教於加州大學聖地雅谷校區，現任比較文學系主任。一九七〇、一九七四，曾以客座身份返回其母校臺灣大學協助建立比較文學博士班。又在一九八〇～八二，出任香港中文大學英文系首席客座講座教授，並協助建立比較文學研究所。一九八六年春天則在清華大學講授傳釋行爲與中國詩學，對跨文化間的傳意、釋意作了深入淺出的論說。

葉維廉年表

一九三七年

生於廣東中山沿海的一個小村落。童年是砲火的碎片和饑餓中無法打發的悠長的白日和望不盡的孤獨的天藍。是母親，依着一點恐懼的星光，冒着日本人突如其來的砲火，冒着野林裏的強盜的襲擊，翻山越嶺去爲一個忍受了一天腹痛的農婦去接生。是癱瘓在床的父親，以無人記錄的抗日事蹟及歷代英雄的興亡塡滿我們的饑腹和巨大無比的長夜。

……

傷殘過後，小村在一些新增的腳踏車的來往中邁入新知識新思想，我在漁樵生活中（是真正的打漁和砍柴的生活）與書本之間培養着無我的愛心，在山頂上耙完了乾的松針以後，坐在松樹下望那包涵着萬千農夫的辛苦的祥和的山水。

一九四八—九年

政治的變遷如暴風捲來，吹走了古城中露店間風生的談笑，在耐心作業順天應命的農民的心間撮起仇恨與猜忌之火。一個夜裏，在全面清算來臨之前，棄家渡海到了香港。其後，那追隨了我的全部的幼年的狗便由瘋而至死。那一度養育我的稚心的純樸的鄉風和祥和的山水再也沒有重見。

對於香港，我沒有什麼好說的。中國人奴役中國人。中國人欺騙中國人。『接觸的目光……再投給他們燃燒的汗，中風似的驚呆；不安傳透他們的器官、血脈、毛管和趾尖……我們貧乏的力量再不敢在事務間作太熱切的旅行……不敢認知我們尚未認知的城市，不敢計算我們將要來到那一個分站，或分清我們坐臥的地方，我們什麼也不知道，我們只期待月落的時分。』對於香港我有什麼好說的呢？只記一件事吧。和畫家（時為詩人）王無邪及崑南辦「詩朵」詩刊早夭。曾對賽孟慈 Arthur Symons 所推崇的象徵主義的詩作過介紹的努力。對五四到三、四十年代的詩及理論曾選抄過四五本，現均因流轉而失散不存。

一九五五—九年

臺大外文系。一種再生的鄉土家園的氣息緩緩在心中茁壯，對當時的國人克難的偉大的耐力和美德非常之景仰，和香港的紙醉金迷的物質生活，私慾生活完全不同。當然還有傳統的問題，矯正三、四十年代過度說教化、散文化的問題，還有由於空間的切斷而產生的游離不定、焦急的心理狀態的問題，如何在詩的創造裏找到均衡，在傳統詩與現實切斷的生活中重建文化的諧和感而重新可以沐浴於根生於古典的美感經驗中。在日記裏寫詩，信札裏寫詩，全是這些問題的探索，現已全毀。（我是有點後悔的，為什麼一定要好的作品才留下來呢？真實的紀錄，真實的感應都是一種心的歷程，起碼可以留為我自己老邁以後的追憶！）時亦以英文寫詩，曾在（*Trace, Beloit Poetry Journal, Texas Quarterly*）等詩刊登出，是一種語言表達力的美學差距的一種試探而已。無意改宗也。有什麼語言比中文更好呢！

一九五九—六一年

師大英語研究所碩士。其時詩作最豐。我雖然在一九五五年便認識商禽（時稱羅馬）紀弦及沉多。但一直以隱居方式抒寫自己的情懷，約略在此時，我才與瘂弦、洛夫見面，而從事大量的在臺發表，詩作多刊於「創世紀」「現代文學」「新思潮」（香港）並譯艾略特「荒原」，St.-John Perse 等人的詩。也寫了一些詩論（見「**秩序的生長**」）。

一九六一年

與廖慈美結婚。結婚是一種定力，我想在我身上、詩中都有顯著的痕跡。

一九六二年

女兒蓁生。

一九六三年

赴美 Iowa 的詩創作班，寫詩及譯介現代中國詩選。詩選部分先刊於 *Trace No. 54* 部分刊於 *Texas Quarterly*。全書在一九七〇年由 University of Iowa Press 出版，是我出版的第二本英文書（書中六位詩人被 Birch 選入美國大學常用教本的「中國文學選集」二集）。在 Iowa 得 MFA 學位。出版詩集「賦格」。

一九六四年

為生計，赴普林斯頓大學攻讀比較文學。詩作「降臨」獲「創世紀」最佳詩作獎。

一九六七年

兒子灼生。得比較文學哲學博士學位。

一九六七年九月起

任教加州大學，教比較詩學、英美現代詩、中國詩、詩創作班、翻譯問題及原始詩歌。

一九六九年

Ezra Pound's Cathay 一書由 *Princeton Press* 出版。「現象、經驗、表現」由香港文藝書屋出版。（臺版：「中國現代小說的風貌」，晨鐘出版社。）

一九七〇年

Modern Chinese Poetry 在美出版。臺大外文系客座教授，協助建立比較文學博士班。開始探討中國傳統美學在詩中的呈現及西洋現代詩之間的一些融匯的問題，並譯了一些歐洲的新詩人。皆發表於「幼獅文藝」。

一九七一——二年

相繼出版 *Hiding the Untiverse*（王維詩選譯並論），「秩序的生長」（志文出版社），詩集「醒之邊緣」（環宇出版社）。獲教育部文藝獎。

一九七四年

回臺撰寫「比較詩學」一書並在臺大講授「比較詩學」中的方法。

一九七六年

主編「中國現代作家論」及「中國現代文學批評選」由聯經出版公司印行。

Chinese Poetry: Major Modes and Genres 由加州大學出版。「眾樹歌唱」（歐洲及拉丁美洲現代詩譯集），由黎明公司出版。

一九七七年

六月、回臺休假並蒐集寫作素材。

八、返美任教。

九月、「中國現代小說的風貌」臺二版由四季出版公司出版。

十二月、「花開的聲音」一書由四季出版公司出版，收錄早期詩作三十餘篇。

一九七八—九年

「中國古典文學比較研究」、「飲之太和」(比較詩學專論)及散文集「萬里風煙」出版。入選「中國現代十大傑出詩人」。

一九八〇—八二年

出任香港中文大學英文系客座首席講座教授及比較文學研究所所長，並爲新方法新理論作各種推動。詩集「松鳥的傳說」由四季出版社出版。「驚馳」由遠景出版社出版。

一九八三年

返回加州大學繼續出任比較文學系主任。「比較詩學」由三民書局出版。並主持東西比較文學系列叢書（三民書局出版）。

一九八四年

散文集「憂鬱的鐵路」由正中書局出版。

一九八五—八六年

回臺撰寫「中國現代畫的生成」和「歷史・傳釋・美學」（比較文學叢書之一）並在清華大學講中國現代詩和文學理論架構與傳釋學。

一九八七年

返回加州大學。

滄海叢刊已刊行書目(八)

書名	作者	類別
文學欣賞的靈魂	劉述先	西洋文學
西洋兒童文學史	葉詠琍	西洋文學
現代藝術哲學	孫旗譯	藝術
音樂人生	黃友棣	音樂
音樂與我	趙琴	音樂
音樂伴我遊	趙琴	音樂
爐邊閒話	李抱忱	音樂
琴臺碎語	黃友棣	音樂
音樂隨筆	趙琴	音樂
樂林蓽露	黃友棣	音樂
樂谷鳴泉	黃友棣	音樂
樂韻飄香	黃友棣	音樂
樂圃長春	黃友棣	音樂
色彩基礎	何耀宗	美術
水彩技巧與創作	劉其偉	美術
繪畫隨筆	陳景容	美術
素描的技法	陳景容	美術
人體工學與安全	劉其偉	美術
立體造形基本設計	張長傑	美術
工藝材料	李鈞棫	美術
石膏工藝	李鈞棫	美術
裝飾工藝	張長傑	美術
都市計劃概論	王紀鯤	建築
建築設計方法	陳政雄	建築
建築基本畫	陳榮美 楊麗黛	建築
建築鋼屋架結構設計	王萬雄	建築
中國的建築藝術	張紹載	建築
室內環境設計	李琬琬	建築
現代工藝概論	張長傑	雕刻
藤竹工	張長傑	雕刻
戲劇藝術之發展及其原理	趙如琳譯	戲劇
戲劇編寫法	方寸	戲劇
時代的經驗	汪琪 彭家發	新聞
大衆傳播的挑戰	石永貴	新聞
書法與心理	高尚仁	心理

滄海叢刊已刊行書目(七)

書名	作者	類別
印度文學歷代名著選(上)(下)	糜文開編譯	文學
寒山子研究	陳慧劍	文學
魯迅這個人	劉心皇	文學
孟學的現代意義	王支洪	文學
比較詩學	葉維廉	比較文學
結構主義與中國文學	周英雄	比較文學
主題學研究論文集	陳鵬翔主編	比較文學
中國小說比較研究	侯健	比較文學
現象學與文學批評	鄭樹森編	比較文學
記號詩學	古添洪	比較文學
中美文學因緣	鄭樹森編	比較文學
文學因緣	鄭樹森	比較文學
比較文學理論與實踐	張漢良	比較文學
韓非子析論	謝雲飛	中國文學
陶淵明評論	李辰冬	中國文學
中國文學論叢	錢穆	中國文學
文學新論	李辰冬	中國文學
離騷九歌九章淺釋	繆天華	中國文學
苕華詞與人間詞話述評	王宗樂	中國文學
杜甫作品繫年	李辰冬	中國文學
元曲六大家	應裕康 王忠林	中國文學
詩經研讀指導	裴普賢	中國文學
迦陵談詩二集	葉嘉瑩	中國文學
莊子及其文學	黄錦鋐	中國文學
歐陽修詩本義研究	裴普賢	中國文學
清眞詞研究	王支洪	中國文學
宋儒風範	董金裕	中國文學
紅樓夢的文學價值	羅盤	中國文學
四說論叢	羅盤	中國文學
中國文學鑑賞舉隅	黄慶萱 許家鸞	中國文學
牛李黨爭與唐代文學	傅錫壬	中國文學
增訂江皋集	吳俊升	中國文學
浮士德研究	李辰冬譯	西洋文學
蘇忍尼辛選集	劉安雲譯	西洋文學

滄海叢刊已刊行書目(六)

書名	作者	類別
卡薩爾斯之琴	葉石濤	文學
青囊夜燈	許振江	文學
我永遠年輕	唐文標	文學
分析文學	陳啓佑	文學
思想起	陌上塵	文學
心酸記	李喬	文學
離訣	林蒼鬱	文學
孤獨園	林蒼鬱	文學
托塔少年	林文欽編	文學
北美情逅	卜貴美	文學
女兵自傳	謝冰瑩	文學
抗戰日記	謝冰瑩	文學
我在日本	謝冰瑩	文學
給青年朋友的信(上)(下)	謝冰瑩	文學
冰瑩書柬	謝冰瑩	文學
孤寂中的廻響	洛夫	文學
火天使	趙衞民	文學
無塵的鏡子	張默	文學
大漢心聲	張起鈞	文學
回首叫雲飛起	羊令野	文學
康莊有待	向陽	文學
情愛與文學	周伯乃	文學
湍流偶拾	繆天華	文學
文學之旅	蕭傳文	文學
鼓瑟集	幼柏	文學
種子落地	葉海煙	文學
文學邊緣	周玉山	文學
大陸文藝新探	周玉山	文學
累廬聲氣集	姜超嶽	文學
實用文纂	姜超嶽	文學
林下生涯	姜超嶽	文學
材與不材之間	王邦雄	文學
人生小語(一)(二)	何秀煌	文學
兒童文學	葉詠琍	文學

滄海叢刊已刊行書目(五)

書名	作者	類別
中西文學關係研究	王潤華	文學
文開隨筆	糜文開	文學
知識之劍	陳鼎環	文學
野草詞	韋瀚章	文學
李韶歌詞集	李韶	文學
石頭的研究	戴天	文學
留不住的航渡	葉維廉	文學
三十年詩	葉維廉	文學
現代散文欣賞	鄭明娳	文學
現代文學評論	亞菁	文學
三十年代作家論	姜穆	文學
當代臺灣作家論	何欣	文學
藍天白雲集	梁容若	文學
見賢集	鄭彥棻	文學
思齊集	鄭彥棻	文學
寫作是藝術	張秀亞	文學
孟武自選文集	薩孟武	文學
小說創作論	羅盤	文學
細讀現代小說	張素貞	文學
往日旋律	幼柏	文學
城市筆記	巴斯	文學
歐羅巴的蘆笛	葉維廉	文學
一個中國的海	葉維廉	文學
山外有山	李英豪	文學
現實的探索	陳銘磻編	文學
金排附	鍾延豪	文學
放鷹	吳錦發	文學
黃巢殺人八百萬	宋澤萊	文學
燈下燈	蕭蕭	文學
陽關千唱	陳煌	文學
種籽	向陽	文學
泥土的香味	彭瑞金	文學
無緣廟	陳艷秋	文學
鄉事	林清玄	文學
余忠雄的春天	鍾鐵民	文學
吳煦斌小說集	吳煦斌	文學

滄海叢刊已刊行書目(三)

書名	作者	類別
不疑不懼	王洪鈞	教育
文化與教育	錢穆	教育
教育叢談	上官業佑	教育
印度文化十八篇	糜文開	社會
中華文化十二講	錢穆	社會
清代科舉	劉兆璸	社會
世界局勢與中國文化	錢穆	社會
國家論	薩孟武譯	社會
紅樓夢與中國舊家庭	薩孟武	社會
社會學與中國研究	蔡文輝	社會
我國社會的變遷與發展	朱岑樓主編	社會
開放的多元社會	楊國樞	社會
社會、文化和知識份子	葉啓政	社會
臺灣與美國社會問題	蔡文輝 蕭新煌 主編	社會
日本社會的結構	福武直 著 王世雄 譯	社會
三十年來我國人文及社會科學之回顧與展望		社會
財經文存	王作榮	經濟
財經時論	楊道淮	經濟
中國歷代政治得失	錢穆	政治
周禮的政治思想	周世輔 周文湘	政治
儒家政論衍義	薩孟武	政治
先秦政治思想史	梁啓超原著 賈馥茗標點	政治
當代中國與民主	周陽山	政治
中國現代軍事史	劉馥 著 梅寅生 譯	軍事
憲法論集	林紀東	法律
憲法論叢	鄭彦棻	法律
師友風義	鄭彦棻	歷史
黃帝	錢穆	歷史
歷史與人物	吳相湘	歷史
歷史與文化論叢	錢穆	歷史

滄海叢刊已刊行書目㈣

書名	作者	類別
歷史圈外	朱桂	歷史
中國人的故事	夏雨人	歷史
老臺灣	陳冠學	歷史
古史地理論叢	錢穆	歷史
秦漢史	錢穆	歷史
秦漢史論稿	刑義田	歷史
我這半生	毛振翔	歷史
三生有幸	吳相湘	傳記
弘一大師傳	陳慧劍	傳記
蘇曼殊大師新傳	劉心皇	傳記
當代佛門人物	陳慧劍	傳記
孤兒心影錄	張國柱	傳記
精忠岳飛傳	李安	傳記
八十憶雙親 師友雜憶 合刊	錢穆	傳記
困勉強狷八十年	陶百川	傳記
中國歷史精神	錢穆	史學
國史新論	錢穆	史學
與西方史家論中國史學	杜維運	史學
清代史學與史家	杜維運	史學
中國文字學	潘重規	語言
中國聲韻學	潘重規 陳紹棠	語言
文學與音律	謝雲飛	語言
還鄉夢的幻滅	賴景瑚	文學
葫蘆・再見	鄭明娳	文學
大地之歌	大地詩社	文學
青春	葉蟬貞	文學
比較文學的墾拓在臺灣	古添洪 陳慧樺 主編	文學
從比較神話到文學	古添洪 陳慧樺	文學
解構批評論集	廖炳惠	文學
牧場的情思	張媛媛	文學
萍踪憶語	賴景瑚	文學
讀書與生活	琦君	文學

滄海叢刊已刊行書目(二)

書名	作者	類別
語言哲學	劉福增	哲學
邏輯與設基法	劉福增	哲學
知識・邏輯・科學哲學	林正弘	哲學
中國管理哲學	曾仕强	哲學
老子的哲學	王邦雄	中國哲學
孔學漫談	余家菊	中國哲學
中庸誠的哲學	吳怡	中國哲學
哲學演講錄	吳怡	中國哲學
墨家的哲學方法	鐘友聯	中國哲學
韓非子的哲學	王邦雄	中國哲學
墨家哲學	蔡仁厚	中國哲學
知識、理性與生命	孫寶琛	中國哲學
逍遥的莊子	吳怡	中國哲學
中國哲學的生命和方法	吳怡	中國哲學
儒家與現代中國	韋政通	中國哲學
希臘哲學趣談	鄔昆如	西洋哲學
中世哲學趣談	鄔昆如	西洋哲學
近代哲學趣談	鄔昆如	西洋哲學
現代哲學趣談	鄔昆如	西洋哲學
現代哲學述評(一)	傅佩榮譯	西洋哲學
懷海德哲學	楊士毅	西洋哲學
思想的貧困	韋政通	思想
不以規矩不能成方圓	劉君燦	思想
佛學研究	周中一	佛學
佛學論著	周中一	佛學
現代佛學原理	鄭金德	佛學
禪話	周中一	佛學
天人之際	李杏邨	佛學
公案禪語	吳怡	佛學
佛教思想新論	楊惠南	佛學
禪學講話	芝峯法師譯	佛學
圓滿生命的實現（布施波羅蜜）	陳柏達	佛學
絶對與圓融	霍韜晦	佛學
佛學研究指南	關世謙譯	佛學
當代學人談佛教	楊惠南編	佛學

滄海叢刊已刊行書目(一)

書名	作者	類別
國父道德言論類輯	陳立夫	國父遺教
中國學術思想史論叢(一)(二)(三)(四)(五)(六)(七)(八)	錢穆	國學
現代中國學術論衡	錢穆	國學
兩漢經學今古文平議	錢穆	國學
朱子學提綱	錢穆	國學
先秦諸子繫年	錢穆	國學
先秦諸子論叢	唐端正	國學
先秦諸子論叢（續篇）	唐端正	國學
儒學傳統與文化創新	黃俊傑	國學
宋代理學三書隨劄	錢穆	國學
莊子纂箋	錢穆	國學
湖上閒思錄	錢穆	哲學
人生十論	錢穆	哲學
晚學盲言	錢穆	哲學
中國百位哲學家	黎建球	哲學
西洋百位哲學家	鄔昆如	哲學
現代存在思想家	項退結	哲學
比較哲學與文化(一)(二)	吳森	哲學
文化哲學講錄(一)(二)(三)(四)	鄔昆如	哲學
哲學淺論	張康譯	哲學
哲學十大問題	鄔昆如	哲學
哲學智慧的尋求	何秀煌	哲學
哲學的智慧與歷史的聰明	何秀煌	哲學
內心悅樂之源泉	吳經熊	哲學
從西方哲學到禪佛教—「哲學與宗教」一集—	傅偉勳	哲學
批判的繼承與創造的發展—「哲學與宗教」二集—	傅偉勳	哲學
愛的哲學	蘇昌美	哲學
是與非	張身華譯	哲學